観測者の殺人

Akira Matsushiro

Observer Murder

松城明

双葉社

観測者の殺人

装幀　bookwall
装画　LOWRISE

観測者

須崎猟《すさきりょう》がインターホンを鳴らすと、スピーカーから気だるげな女の声がした。

『……はい』

「フォトン通運です。お荷物のお届けに参りました」

カメラに映るように胸元の箱を抱え直すと、相手は配達予定メールの文面を思い出したのか、『あ、はい』とドアのオートロックを解錠した。

マンション一階の共同玄関。監視カメラが設置されていないことは下見で確認していたが、見落とした可能性もある。運送会社のロゴが入ったキャップのつばを引き下げ、うつむき加減にドアを通った。

エレベータは使わず階段で三階に上がると、三〇三号室の前で立ち止まった。

箱を下に置き、電動シェーバーのような黒い道具を取り出す。カチッ、とスイッチを入れてみる。突き出した電極の間で火花が散った。

それを右手で握りしめたまま、左手でインターホンを鳴らす。

近づいてくる足音。サムターン錠の解錠音。そして、ドアが開く。

現れた人物の姿を認識するよりも早く、ドアのわずかな隙間に右手をねじ込み、薄い服の上から五十万ボルトの電流を注ぎ込む。

「かっ――」

急激な筋肉の収縮により、ひきつけのような短い悲鳴を洩らして相手は崩れ落ちた。

猟は玄関に入ってドアを閉めると、ガムテープで女の口を塞ぎ、手首と足首にも巻きつけた。二十秒程度で身体の自由を奪い、廊下の奥へ引きずっていく。

テーブルやベッドのあるリビングとは別に、窓のない小さな部屋があった。部屋の中央には小さな机と椅子、その前に三脚つきのカメラ。四面の壁は吸音材らしきパネルで覆われている。

猟は女を持ち上げて椅子に座らせ、改めてその顔を見た。

暗い赤に染めた髪。虚ろに開いた双眸。顔の下半分はテープに隠されて見えないが、それでも美人の部類に入ることは判断がつく。

電撃によるショックの余韻が残っているうちに、女をテープで椅子に縛りつけ、ついでに椅子の脚が浮かないよう床に固定した。

「俺の質問が正しければ首を縦に、間違っていれば横に振れ」

猟が命令すると、女は弱々しく頷いた。そして問う。

「おまえは〈姪浜《めいのはま》メイノ〉か？」

虚ろだった瞳に生気が戻る。女は警戒心を帯びた目で猟を見上げると、喉の奥でくぐもった声を洩らした。

「ん――」

「おまえは〈momochi〉か？」

女の表情から血の気が引き、恐怖が露わになる。猟は構わず続ける。

「スマホの場所を教えろ。この部屋にはなさそうだが、リビングか？」

女は応えず、唸りながら激しく身体をよじらせて脱出を試みた。椅子が悲鳴を上げ、危うく倒れそうになる。猟はスタンガンを取り出して女の目の前にかざした。スイッチを入れると電極のあいだに青白い火花が散る。

「動くな」

突然スイッチを切ったように、女はぴたりと動きを止めた。

「俺が戻ってくるまでに動いたら、こいつをもう一度食らわせる」

猟はリビングに向かうと、ベッドの上のスマートフォンを拾い上げた。ハイスペックな高級モデルだ。一人暮らしには不釣り合いな部屋の広さ。「仕事」のために整えられた機材と環境。どれを取っても経済的な余裕が感じられる。もっとも、そんなことはどうでも良かった。彼女の現実世界での身分や私生活に興味はない。

玄関前に置いた箱を抱えて部屋に戻ると、静かに座っている女にスマートフォンのカメラを向けた。顔認証でロックが解除される。三つの青い円が重なり合ったアイコンをタップした。アプリケーションが起動して「Quarker」のロゴが現れる。

「クォーカ」は短いテキストや画像を投稿する形式のSNSだ。トップページには女がフォローしているアカウントの投稿がずらりと並んでいる。

マイページに飛ぶと、ユーザー自身のアカウント名は〈姪浜メイノ〉となっていた。女が「仕事」で使っている名前だ。

クォーカでは個人で複数のアカウントを使い分けることができる。この女も複数のアカウントを持っており、そのうちの一つに〈momochi〉があった。念のため投稿も確認したが、猟の知る〈momochi〉と同一のアカウントだとすぐに知れた。

確認が済むと、猟は足元の箱から「装置」を取り出した。

女は眼を瞬かせた。目の前の物体が何なのか理解できないのだろう。

「言葉には人を殺す力がある」

猟は淡々と告げた。

「——今からおまえたちを殺すのは、おまえたちの言葉だ」

追跡者

吊り革に体重を預けながら、今津唯《いまづゆい》は親指でスマートフォンを操作していた。

大学の最寄り駅までのこの路線は、朝と夕方のラッシュ時は学生や会社員であふれかえり、席に座れる日はごく稀《まれ》だ。本当は仮眠を取りたいのだが、立ち乗りではそれも叶わないので、もっぱらクォーカの巡回と投稿で暇を潰している。

あくびを噛《か》み殺しながら画面をスワイプした。

OnlyNow　@onlynow　20XX/06/20 21:03
『６９６さんの最新アルバム『ツチコネル』（８／１発売）のカバーイラストを担当しました。私も一ファンとして心待ちにしていた作品です。ぜひお聞きください』

もえこ　@moeko1208　20XX/06/28 20:49
『嘘待って６９６アルバム出るじゃん！　しかもイラスト可愛すぎ死ぬ』

橋本描　@egaku_hashimoto　20XX/06/28 20:35
『６９６の新しいアルバムのカバーイラスト、どこかで見たことあるなと思ったら、富岳社《ふがくしゃ》の某アート誌に載ってた人でした。Ｖチューバーの姪浜メイノもデザインしてるんですね。まだ大学生なのに凄いなあ』

脳筋横臥　@muscle_ogre　20XX/06/28 20:13
『ツチマゼル以降の６９６は微妙。ツチヲフムこそ至高』

石城アキオ　@sekijo_akio　20XX/06/28 20:00
『Ｆ市大学院生殺人事件を覚えているだろうか。Ｑ大学の女子学生が同級生二人を殺害した事件である。去年の夏、犯人の逮捕で幕を閉じたかに思われたが、実は事件の裏で糸を引く黒幕がいた。……続きは以下のブログで公開。【石城アキオの仄暗《ほのぐら》い部屋】第６９６章――』

ワード検索の結果をぼんやりと読み流していたら、首を傾げたくなるほど毛色の違うものが流れてきて、思わず指が止まった。

都市伝説系のアカウントによる怪しげな投稿だ。普段ならさっさと飛ばすところだったが、どうにも気にかかる内容だった。唯は生まれてこの方Ｆ市に住んでいるし、この春からＱ大学に通っている。同じ大学の先輩が起こした事件なのだから、まったくの他人事とは言い切れない。

唯は迷いつつも、毒々しいタイトルのリンクをタップした。

『第696章　我らを闇より支配するもの　～F市大学院生殺人事件～』

２０ＸＸ年八月、当時Q大学の大学院生だった女、更科千冬《さらしなちふゆ》が逮捕された。更科はかつて交際関係にあった男子学生と、友人の女子学生を計画的に殺害したのである。その手口が機械装置を用いた巧妙なトリックだったことを除けば、痴情のもつれで起こった平凡な殺人事件であり、本ブログで取り上げるほどの特異性はないように見える。

ところが、小生が独自のルートで入手した情報によれば、世間に公表された内容は氷山の一角でしかなかった。その奥には人類の存亡を脅かす、恐ろしい深淵が口を開けていたのである。

更科は逮捕前、ある大学生と中学生を刃物で刺傷している。事件後、被害者たちは口をそろえて「キカイ」という謎の人物の名を挙げた。事件を引き起こしたのは「キカイ」であり、更科や自分たちは「キカイ」に行動を操られていたのだという。しかし、警察は「キカイ」を特定することができなかった。更科の共犯と思われていた男も、後に単なる伝言役だったと判明した。

では、「キカイ」とは何者なのであろうか。

証言によれば、「キカイ」は人の思考を読み、それゆえに人を自在に操ることができるのだという。この特徴から連想されるのは、日本各地に古来より伝わる妖怪「さとり」であろう。人の心というものは不可侵であると誰しも考えている。だからこそ、その安全圏が侵されることを恐れ、恐怖の象徴としての怪物を作り上げたのだ。

「キカイ」は「機械」に通じる。社会を動かすテクノロジーの大半は、複雑かつ難解であり、我々の多くにとって理解しがたいものだ。太古の人々が闇を恐れたように、今を生きる我々もまた、未知のテクノロジーに対し無自覚な恐れを抱いている。「キカイ」という幻想を具現化せしめたのは、そんな我々の――


文章にさっと目を通して、すぐにブラウザバックした。

事件の内容は本当かもしれないが、「キカイ」のくだりからは筆者が勝手に想像を膨らませて書いているだけだろう。他人の心を読んで自在に操る――そんな妖怪じみた人間が現実に存在するわけがないのだから。

せっかくだからこれをネタにして何か呟こうかな、とクォーカの新規投稿ボタンを押したところで、背後から声をかけられた。

「おはよ」

振り返ると同じクラスの女子がいた。入学後のガイダンスで知り合ってから三ヶ月、今もほどよい距離感を保っている友人の一人だ。

さりげなくスマートフォンの画面を隠し、「おはよう」と小さく返事をする。

「今津さん、今日も眠そうだね」

「うん、寝つきが悪くて」

「そうなんだ。私も最近眠りが浅い気がする。暑いからかな」

関係性の表層をなぞるだけの浅い会話。そんな心地よいラリーがそのまま続くかと思いきや、彼女はこちらの領域に一歩踏み込んできた。

「そういえば、今津さん、今日の夜って暇？　遊び行かない？」

彼女から誘われたのは初めてだった。

「いいよ。どこ行くの？」

「久々にカラオケ行きたいんだよね。他のみんなも誘うつもりだけど——」

——唯ちゃんの声、可愛いー！

記憶の中の声が蘇って、唯は小さく首を振る。

「ごめん。やっぱり無理。予定思い出したから」

「あ、そうなんだ。残念」

彼女が一歩踏み出した足を引っ込めるのを感じた。当分、唯の領域に踏み込んでくることはないだろう。それを残念に思いつつも、どこかで諦めている自分がいた。

結局、私にとって親友と呼べるのは一人だけだ。この先もきっとそうだろう。他の誰にも心を開けないまま、表層だけを取り繕って生きていくのだ。

「ごめん。今度また誘って」

両手を合わせて謝りながら、唯はそんなことを考える。

「ねー、人と喋ってるときに絵描かなくてもいいじゃん」

拗《す》ねるような甘えた声がしたので、唯はタブレットから顔を上げた。

姪浜陽子《ようこ》はテーブルの反対側で頬杖を突き、ワインレッドの髪を指先でいじりながらわざとらしく口を尖らせている。

　唯はタッチペンを振りながら言った。

「別にいいでしょ。私はただ時間を有効活用してるだけ」

「大学でもそんなことしてるんだ。ところ構わずタブレット出してお絵描きして、我こそは天才イラストレーターでございい、って顔して」

「やらないよそんなの。大学では絵を描いてることは隠してるし」

「隠してるの？　もったいない。ばらせば人気者なのに」

　陽子とは中学時代に出会い、同じ高校に進み、青春と呼べる時間の大半をともに過ごしてきた。今年から別々の大学に進むことになったが、入学して三ヶ月が経った今もなお頻繁に顔を合わせている。あるときは単に気心の知れた友人として、またあるときはビジネスパートナーとして。

　今日、唯がマンションの三階にある陽子の部屋に遊びに来たのは、半分はビジネス的な打ち合わせのためだった。

「陽子だって」と唯は反論する。「合唱サークルに入ってるのに、自分が〈メイ〉だってことを隠してるのはどういうつもり？　声でばれるかもしれないし、ばれたら結構感じ悪いよ」

「サークルはもう辞めた。あんまり面白くなかったし」

「あ、そう」

「それに、〈メイ〉じゃなくて〈メイノ〉ね。間違えないでよ」

　陽子は〈姪浜メイノ〉として活動するVチューバーだ。

世界最大の動画投稿サイト「U-Tube」において、自らが出演する動画を投稿する人々を俗にUチューバーと呼ぶが、最近は自分の顔を出さず、自分の映像にキャラクターのイラストを合成する方式が流行っている。彼らはバーチャル・Uチューバー、略してVチューバーと呼ばれており、陽子もその流行に飛びついた一人だった。

一人暮らしの部屋を改装してスタジオをこしらえ、大学入学と同時に活動を始めた彼女は、たった一ヶ月で十万人の視聴者を獲得した。雨後の筍《たけのこ》のように新たな投稿者が続々と現れ、Vチューバー専門の事務所まで台頭している今、独立系Vチューバーとしてはなかなか健闘しているほうだろう。

とはいえ、ネーミングに関しては再考すべきだと思っている。

「〈メイ〉のほうが良かったな。〈メイノ〉って、なんか変。言いづらいし」

「わかってないなあ。変だからいいのに」

キャラクターの名前って大切なんだよ、と陽子は講義するように滔々《とうとう》と話し続けた。

「コンテンツの消費速度は加速してる。消費者は刺激に慣れ切ってどんどん飽きっぽくなってる。彼らの目に留まるには名前は可愛いだけじゃダメ。心に引っかかるような何かが要る。語感が変だったり、言葉の組み合わせがおかしかったり、そういう心理的なインパクトのある名前じゃなきゃ、あっという間に有象無象に埋もれておしまい」

「まあ実際、前の名前も変だったね。〈眩暈《めまい》メイ〉」

陽子が動画投稿を始めたのは中学生のときで、主に流行りのアーティストの歌を歌い、いわゆる『歌ってみた』動画として公開していた。同様の投稿者が増え続けていた時期であり、〈眩暈メイ〉の動画もそれこそ有象無象に埋もれていたのだが、楽曲制作者や他の投稿者とコラボしたり、ネット上でイベントを開催したりと、積極的な活動を続けたおかげでそこそこの知名度を得ていた。

すでに活動を休止させているとはいえ、〈眩暈メイ〉は陽子にとって誇らしい名前のはずだ。しかし、なぜか陽子はその名前を聞くなり表情を曇らせた。

「あのさ、オンちゃん」

と、陽子は心なしか深刻な顔で切り出した。

「〈メイ〉のときのあたしって、どうだったと思う？」

「どうだったって……何でそんなこと訊くの？」

「最近思うんだよね。あのころはまだ子供だったから、言っていいことと悪いことの区別がついてなかった。学校でクラスメイトとお喋りするのと、ネットで知らない人たちと話すことに、どんな違いがあるかなんて知らなかった。だから、気づいてないだけで色んな人に嫌な思いをさせたのかもな、って」

「まあ、何度か炎上っぽいことにはなってたね」

〈眩暈メイ〉は永遠の中学二年生という設定通り、子供っぽい性格の持ち主だった。批判コメントにはすぐさま嚙みつき、クォーカ上で他の投稿者と低レベルな舌戦を繰り広げたことも一度や二度ではなかった。

「だけど、そういうキャラクター設定だったんだから仕方ないよ。向こうもそれを承知したうえで乗っかってくれてたんだろうし。……何かあったの？」

「いや、何でも」

陽子ははぐらかすように大きく伸びをすると、「あ、忘れてた」と立ち上がった。

「とっくにアップデート終わってるよね。行こっか」

二人はリビングの隣にあるスタジオに入った。壁には大声で歌えるように吸音パネルが貼られているが、こんな素人工作で音漏れが防げるのかは疑わしい。近隣住民のクレームが殺到してはいないかと心配になる。

陽子は足首、太腿、腰、二の腕、手首と順番に細いバンドを巻いていく。

「慣性式のモーションキャプチャ。奮発して買っちゃった」

「今までのやつとは違うの？」

「あれは人の動きを映像から割り出してるけど、こっちは身体の部位ごとに位置情報をセンサーで取れるから、全身の動きをばっちり追えるの。処理重いし、アップデートも時間かかるけどね」

「ＰＣが古いからじゃない？　新しいの買うから――」

「要らないよ。言ったでしょ」

陽子は突っぱねるように言って、内向きのカメラが付いたヘッドセットを被った。黒い手袋を嵌《は》め、机の上のノートＰＣを操作する。ディスプレイの中にはシンプルな白い部屋が描画され、その真ん中に一人の少女が立っていた。

毛先の跳ねたショートボブは燃えるような紅色。瞳はダークレッド。幾何学模様をあしらった黒のノースリーブに膝丈のフレアスカート。鋭利な印象のブーツ。

Vチューバー〈姪浜メイノ〉の3Dモデルだ。

陽子が手を振ると、画面の中の少女も同じ動きで手を振った。両腕を広げてくるりと回ったり、ジャンプしたり、四股《しこ》を踏んだりという自由奔放な動きにも、タイムラグを感じさせない滑らかな動きで追従する。陽子が笑うと〈メイノ〉も笑う。繊細な指の動きはグローブで、表情の動きはヘッドセットのカメラで取得しているらしい。

〈メイノ〉が踊れるようになったとは事前に聞いていたが、こうして目の当たりにすると感慨深いものがある。しみじみとした気分で画面を見つめていると、陽子が笑いかけてきた。

「どうしたの、オンちゃん。子供の成長に感動しちゃった？」

「うん。あんなに平べったかったのに、こんな立体になって」

唯は〈姪浜メイノ〉のデザインを考案し、イラストを描いただけではなく、彼女の3Dモデルの作成も担当した。動画やSNSに使われるイラストの大半も唯が描いたものだ。そのため、〈姪浜メイノ〉の動画には必ずこの文言が添えられている。

『CGデザイン・イラスト：OnlyNow《オンリーナウ》』

唯が〈OnlyNow〉を名乗って活動を始めたのは中学一年生のときだ。

「今」と「唯」という本名の一部をもじった安易なネーミングだったが、当時の唯は大変気に入っていた。というのも、アルファベットの大文字と小文字の組み合わせ方が憧れの画家とよく似ていたからだ。

謎のアーティスト、〈RedBird《レッドバード》〉。

国籍も性別も不明。クォーカのみで活動し、自作の絵を黙々と投稿するだけのアカウントにもかかわらず、その芸術的センスの高さはもとより、社会を痛烈に風刺するメッセージ性の強さで人気を集め、アマチュアながらプロの画家やイラストレーターと肩を並べるフォロワー数を誇る。

初めて〈RedBird〉の絵を見たときのことは強烈に覚えている。

インターネットで流れてきた、出所のわからない一枚の画像だった。

画面の中央に倒れている、ドレスを着た美しい女性。ほっそりとした身体はガラスのように割れ、無残に砕け、灰色の地面に散らばっている。

彼女を取り巻くように立っているのは、年齢も性別も様々な人々。だが、全員が身体の向きを無視して鑑賞者のほうに顔を向けている。それも判で押したように同じ顔だ。表情のない、プラスチックの造形物のような顔。

絵のタイトルは『Predators』――捕食者たち。

壊れた女性から漂う底抜けの絶望が、小学生だった唯の心を震わせた。唯は泣き虫で感受性の強い子供だったが、絵を見ただけで涙が溢れたのは初めてだった。

これを描いた人のことが知りたくて、絵の隅に小さく控えめに記されていた署名を読んだ。アルファベットが全体的に崩し気味だったり、「i」の点が短い横棒になっていたりしたので、小学生の唯には読み辛かったが、作者の名前が〈RedBird〉であることをそこで知った。〈RedBird〉のアカウントを見つけてからは、ディスプレイに鼻を押しつけるようにして投稿された絵を次々に見た。ポップかつグロテスク。大胆かつ繊細。明るさと暗さが同居する独特の世界にのめり込んだ。

いつかこんな絵を描いてみたい。

人を心の底から楽しませ、悲しませ、恐怖させる絵を。

元々絵を描くのは好きだったが、〈RedBird〉に倣《なら》いグラフィックソフトで絵を描き始めたのはそこからだった。〈RedBird〉や好きなイラストレーターの絵を模写したり、自分なりのアレンジを加えたりして、独自の画風を作り上げていった。

中学生に上がったころ、クォーカに〈OnlyNow〉のアカウントを開設して投稿を始めた。最初は見向きもされなかったが、黙々と投稿を続けるうちに徐々にフォロワーも増えていった。いいねの数が、リポストの数が、唯の努力を讃えてくれた。

そんなある日の放課後、廊下の途中で誰かに呼び止められた。

「今津さん」

ガラスみたいな声だと思った。透き通っていて、硬くて、それでいて繊細。

振り向くと、そこに立っている知らない女子生徒の顔が目に入った。

思わず、息を呑んだ。

「あたしは二組の姪浜陽子。ちょっと頼みたいことがあるんだ」

彼女はそう断って、耳を疑う一言を発した。

「今津さんってさ、〈OnlyNow〉だよね?」

絵描きとしての活動については誰にも話していなかったから、あまりの衝撃に言葉も出なかった。知られてしまった、と背筋がじわりと冷たくなった。

「一組に絵が上手い子がいるって聞いたから、美術で描いた絵を先生に見せてもらったんだ。それが〈OnlyNow〉のタッチにそっくりだったから、もしかしたらって思って。やっぱり本当にそうなの?」

唯が観念して頷くと、陽子は目を輝かせた。

「じゃあ、絵を描いてくれない?」

この唐突な申し出を唯は断った。

唯は、依頼を受けることも対価を得ることもなく、ストイックに絵を描き続ける〈RedBird〉の姿勢に憧れていた。誰かに依頼されて絵を描けば、創作という崇高な行為の純度を落としてしまう、と本気で考えていた。

断った理由を聞かされた陽子は、呆れるでも笑うでもなく、真剣な顔で言った。

「あたしは、そうは思わない。自分の力を誰かのために活かすのは凄いことだよ。その力を自分のためだけに使うよりもずっとね」

「そんなこと——」

「あたしは歌うのが好き。でもそれ以上に、もっとたくさんの人にあたしの歌を聴いてもらいたい。歌が上手いって、声が可愛いって言ってもらいたい。有名になりたい。たくさん稼いで綺麗になりたい。あたしは自分が幸せになるために歌ってるの。それを不純だと思う？　そして、誰かを喜ばせるために歌うことは純粋じゃないって思う？」

唯は答えられなかった。信じていたはずのものが根底から揺らいでいく。

——私は、何のために絵を描いてきたんだろう。

本当は陽子と同じで、自分のために絵を描いてきたのではないか。〈RedBird〉のように有名になりたいから、ただその外側だけを模倣して、自分は気高いアーティストだと悦に入っていたのではないか。仲間内で馴れあって承認欲求を満たす行為を軽蔑しつつ、実際のところはそれと同じことをしていたのではないか。

「オンちゃん」陽子は妙な綽名《あだな》で呼んだ。「あたしの絵を描いてくれない？」

「……姪浜さんの絵を？」

「うん、もう一人のあたしの絵。あたしよりずっと可愛くて魅力的な子、みんなに愛されるような子を描いてほしい」

それから自分の艶やかな黒髪をつまんで、付け加えた。

「あと、髪は赤がいいな」

中学生の陽子が憧れていた赤い髪を、大学生の陽子は指先でいじりながら、ディスプレイに表示された〈姪浜メイノ〉の姿を真剣に見つめている。

「オンちゃん、もっと髪伸ばしてくれる？　スカートは少しだけ短く」

陽子の指示を受けて、唯は3Dモデルに手を加える。膝丈だったスカートが半分の長さになり、上衣には裾の広がった袖が追加された。髪は腰まで届くツインテール。上半身は華やかに、下半身は軽やかになった印象だ。

更新された3Dモデルをまとい、フィギュアスケート選手のようにくるくると回りながら、陽子は依頼主としての感想を述べた。

「やっぱり踊るんだったらミニスカートだよね。あと髪も長いほうがいい。動きが派手だから動画的に映《ば》えるし」

〈メイノ〉を踊らせたいから新しい衣装を作ってほしい、という陽子の要望を受け、唯は二週間かけて十数パターンの3Dモデルを作成した。陽子は自分の分身《アバター》をより魅力的に仕立てることに妥協しないし、唯にもデザイン監修者としての誇りがあるから、彼女の要望に応えるために夜を徹して作業に取り組むことは苦ではなかった。

ふと気になったことがあって、陽子に訊いた。

「来週あたりに動画上げるって言ってたけど、何踊るの？」

「当ててみてよ」

陽子は不敵に微笑んで、おもむろに踊り始めた。聞き覚えのある鼻歌を歌いつつ、全身にセンサーを装着しているにしては軽快にステップを踏む。

「ロクロさんの『コネクテッド・ルナティック』？」

「正解！」

それは二人の活動において一つのターニングポイントとなった曲だった。

〈696〉――ロクロはインターネットを中心に活躍し、主に合成音声ソフトで楽曲制作を行っている人物だ。陽子は幾度となく〈696〉の曲を歌い、配信でコラボしたこともある。そして、〈696〉が初めて〈眩暈メイ〉に楽曲提供してくれた曲が『コネクテッド・ルナティック』だった。

自分のために作られた曲というものに狂喜乱舞した中三の陽子は、自分の姿をネットに晒《さら》さないというマイルールをついに破った。〈眩暈メイ〉のコスプレをして踊り、『踊ってみた』動画としてアップロードしたのだ。口元はマスクで隠していたものの、〈眩暈メイ〉の中の人が美少女だったと一部で話題になった。それ以来、陽子が生身の姿でカメラの前に出ることはなかった。

なぜ、よりによってあの曲を選んだのだろう。

「確かに『踊ってみた』一発目には相応しいけど、それでいいの？　色々と発掘されちゃうよ？　昔のあれやこれやが」

ふふん、と陽子は鼻で笑う。

「どんと来いって感じ。そういえば、動画上げた後に配信やるつもりなんだ。せっかくあれ踊るんだし、久々にロクロさんと喋ろうかなと思って」

「へえ、ロクロさん来るんだ」

〈696〉は顔を出さずに活動しているが、時折他のUチューバーの配信に声だけ出演することがある。人気クリエイターなのに腰が低く、ひと回り年下の自分たちを対等に扱ってくれるので唯は好感を持っていた。

「たぶん来週の金曜にやるけど、オンちゃんはどうする？」

生配信に出演するのか、というのを暗に聞いているのだ。

それに気づかないふりをしつつ、唯ははぐらかすように応えた。

「ロクロさんには挨拶したいから行くよ。あと、何か手伝うことある？」

「じゃあ、いい手土産探しといて。クリーム多めのやつね」

「了解」

陽子の部屋を後にした唯はエレベータで一階に下りた。エントランスに続くオートロックのドアを開けると、目の前に背の高い男が立っていた。ちょうど建物に入ろうとしているタイミングだったのだろう。

「こんにちは」

のっそりとした挨拶が聞こえたので、唯は反射的に「こんにちは」と応じた。

男はドアを押さえて、唯が通れるように脇に寄った。

「ありがとうございます」

と、小さく会釈して横を通り抜けたが、しばらくドアの閉まる音が聞こえなかった。

怪訝《けげん》に思って振り向くと、目が合った。

男は運送会社のキャップを被ってカーキの制服を着ている。つるの太い眼鏡越しに、落ちくぼみ、どこか陰惨な雰囲気を漂わせた目が見えた。

視線が合った瞬間、男は逃げるようにドアの向こうに引っ込んだ。

――何だったんだろう。

もちろん唯は先程の男を知らなかったし、男が一方的にこちらを知っているということも考えにくい。〈OnlyNow〉としては有名人の部類である唯も、顔を出さずに活動している以上、現実世界ではごく平凡な大学生に過ぎない。

白昼夢に襲われたような不可解な気分でエントランスを出た。

夏の始まりを告げる、生温く湿っぽい風が肌を撫でた。


陽子のマンションを訪れてから一週間が経った、金曜日の午後。

唯はだだっ広い講義室の後ろのほうで、ノートに覆いかぶさるようにして睡魔と闘っていた。スクリーンの前で単調に続く老教授の話は、真面目に傾聴すればするほど瞼《まぶた》が重くなっていく罠《わな》のようだった。

話から意識を逸らそうと、ノートの隅にペンで悪戯《いたずら》書きをする。

まず描いたのは、二頭身にデフォルメされた〈眩暈メイ〉。

床まで届く長いツインテールに、ぐるぐると渦巻き模様が入った瞳。ミニのワンピースにだぼついたパーカーを羽織っていて、余った袖を元気よく振り回している。好戦的で攻撃的でありながら、容姿や行動の幼さゆえに憎めないキャラクターだ。

中学生のころから幾度となく描いてきたこともあり、線には迷いがない。

次は〈姪浜メイノ〉に取りかかった。デザインを考案してから日が浅く、まだ描き慣れていなかったので少々苦戦する。

ようやく完成した二頭身〈メイノ〉は我ながら上々の出来だった。このままキーホルダー化してオンライン販売したいくらいだ。クォーカに写真を上げようとスマートフォンを取り出したところで、ここが講義室であることを思い出した。さすがに写真撮影は自制して、スマートフォンをトートバッグに仕舞う。

そのとき、急に画面が点灯したのが見えた。

どうせネットニュースか何かの通知だろう。そう思い込んでいたので、U-Tubeのアイコンに続く文面が視界に入った瞬間、どきりとした。


『姪浜メイノがライブ配信中』


唯は〈メイノ〉のU-Tubeチャンネルをフォローしているので、ライブ配信が始まると通知が自動的に届く。陽子が今しがた配信を始めたということだ。

時刻は午後二時。予定では『踊ってみた』動画を今夜七時にアップロードした後、九時から配信を始めることになっていた。あまりにも早すぎる。

もしかすると、七時まで待ちきれなくなった陽子が早めに動画を投稿し、その勢いのままに配信をスタートさせたのかもしれない。

溜まっていた通知に目を通した唯は、その仮説が誤っていることに気づく。『踊ってみた』動画が投稿されたという通知が来ていなかったからだ。

――あり得ない。

陽子が配信を行うのは、必ず新しい動画を投稿した直後。視聴者に動画を見てもらってから、その感想や舞台裏について配信で語るためだ。

午後二時という時間帯も解《げ》せない。平日の昼間に配信を行えば、学生や勤め人といった多くの視聴者を逃すことになる。自己プロデュースにかけては一流の陽子が、そのような初歩的なミスを犯すはずがなかった。

いったいどんな配信をしているのだろう。

それを確かめるべく、クォーカを立ち上げて「メイノ」で検索をかけた。誰かが配信について呟いているかもしれない。案の定、それらしい投稿を見つけた。


『メイノ何これ。怖いんだけど』

『姪浜メイノが壊れた』

『喋らなくても可愛いよね　#姪浜メイノ』


ぞくりと悪寒が走った。何か異様な事態が起こっている。

机に荷物を置いたまま席を立ち、講義室からそっと廊下に出た。

通知をタップするとU-Tubeアプリが起動し、黒い画面にくるくると回転する読み込みアイコンが表示される。回線が重いのかなかなか繋がらない。

「――早く！」

苛立ち混じりに吐き捨てたとき、画面が明るくなった。

画面の中央に〈姪浜メイノ〉が映っている。

仮想空間のデザインは、いつも配信で使っている白い部屋だ。

〈メイノ〉は何もない空中に腰かけて座っている。３Ｄモデルとして描画されていないだけで、現実の陽子は椅子に座っているのだろう。後ろに回された両腕。ややうつむいた無表情な顔。明らかに異常なことが進行している気配があった。

不意に、〈メイノ〉の身体がびくりと小さく震えた。センサーの誤差による３Ｄモデルの揺らぎかもしれないが、ままならぬ身体で何かを訴えかけているようでもある。

アカウントの乗っ取り、精神異常――あるいは、監禁。

最悪の可能性が頭を駆け巡る。一縷《いちる》の希望にすがって陽子に電話をかけたが、呼び出し音が続くばかりで一向に繋がらなかった。

諦めて電話を切り、別の番号にかける。

『はい……どちら様？』

〈６９６〉の声が不審そうだったのは、唯の番号を登録していなかったからだろう。彼とのやり取りはメールが主だったので、電話をかけるのは初めてだった。

「〈OnlyNow〉です。ロクロさん、今どこですか？」

『あっ、オンリーさんか。僕はまだ新幹線の中。ちょうど今、オンリーさんに連絡しようとしてたところだよ。姪浜さんの動画は見た？』

「はい。……何が起こってるんでしょうか」

「全然わからないけど、ただごとじゃないことは確かだね。今すぐ姪浜さんのところに行ってくれる？　危ないかもしれないから、できれば誰かと一緒に」

「わかりました。今すぐ行きます」

そう応えて電話を切ったものの、まださほど親しくない大学の友人たちを危険に巻き込むのは躊躇《ためら》われた。自分が〈OnlyNow〉であることを彼らに知られたくないという思いもあった。

一人で行くしかないと覚悟を決めたところで、背後に気配を感じた。

振り向くと、地味な黒髪の知らない女子学生がいて、じっとこちらを見つめていた。

「……何ですか」

唯が警戒しつつ訊くと、女子学生は自分を指差して言った。

「今津さんと同じクラスの、月浦《つきうら》紫音《しおん》」

そう言われてみると、クラスにいたような気がする。あまり印象に残っていないのでこれまで接点はなかったはずだ。

紫音はぼそぼそと呟《つぶや》くような口調で続けた。

「切羽詰まった様子だったから、ちょっと気になって」

「それだけで講義抜けてきたの？」

「ううん、今学校に来たところ。……寝坊したから」

よく見ると、彼女はやや顔色が悪い。睡眠不足なのだろうか。

「心配してくれてありがとう。でも大丈夫。今急いでて——」

「今津さん、もしかして〈OnlyNow〉？」

「……何で、それを」

「電話の声が聞こえてきた。盗み聞きするつもりはなかったけど。それに、そのキーホルダー、〈眩暈メイ〉だよね」

紫音が指差したのは、トートバッグにつけていた二頭身版〈眩暈メイ〉のアクリルキーホルダー。高校時代にインターネットで販売していたものだ。

友人に自分の正体を明かすリスクと、目の前の知らない女子学生に同行を頼むリスク。両者を頭の中で秤《はかり》にかけると、後者がわずかに上がった。

「後で説明するから、今すぐついてきてくれる？」

数分後、二人はキャンパスの外で運よく捉まえたタクシーの後部座席にいた。

運転手の言では、どれほど飛ばしても陽子のマンションまでは最短二十分。依然として動きのないライブ配信を見張りながら、紫音に事情をざっくりと説明した。危ない目に遭うかもしれないと断ったところ、紫音はポケットから目薬くらいのサイズの小瓶を取り出した。ラベルによると催涙スプレーらしい。

「これは今津さんが使って。私は予備持ってるから」

「こんなの、いつも持ち歩いてるの？」

「私は――私たちは、いつキカイに殺されてもおかしくないから」

独り言のように意味不明なことを呟いて、急に口をつぐむ。

キカイ、という言葉はどこかで聞いた覚えがあった。が、思い出せない。

「……キカイって？」

「何でもない。変なこと言ってごめんなさい」

何でもないわけがない。

得体の知れないクラスメイトを道連れに選んだことを半ば後悔しつつも、唯は映像の中の〈姪浜メイノ〉に意識を戻した。

よく見ると、先程までと違って身体がはっきりと動いていた。肩から胸のあたりがぴくぴくと震え、うなだれた頭も小さく頷くように上下している。

――泣いている。

直感的にそれを理解した唯は、焼けつくような焦燥を感じた。

陽子が人前で泣くわけがない。同級生たちに陰口を叩かれても、変えようのない外見的特徴をからかわれても、常に明るく快活なキャラクターを崩さなかった陽子。人前で泣くのは負けを認めることだと言って、唯の涙を乱暴に拭ってくれた陽子が、配信中に無様な泣き顔を晒すはずがないのだ。

もう、なりふり構ってはいられない。

「スマホ、貸してくれる？」

配信から目を離すわけにはいかなかったので、紫音のスマートフォンで警察に通報した。友人が何者かに監禁されているかもしれない、と。

警察が動けば、ことは大事になる。〈姪浜メイノ〉の今後の活動に支障をきたしかねない。だが、そんな悠長なことを言っていられる状況ではなくなった。

〈メイノ〉はただのコンテンツだ。親友の命とは比べものにならない。

マンションの名前と部屋番号を伝えて通話を切ったのと、タクシーが停車するのがほぼ同時だった。紙幣を数枚置いてタクシーから転がり出ると、入口のほうへ駆け出した。

が、急に走ったので脚がもつれ、勢いよく転倒した。

「痛っ――」

膝に鋭い痛みが走った。投げ出されたスマートフォンがアスファルトの上で跳ねる。痛みにうずくまったまま手を伸ばした。

その画面が、不意に動いた。

「大丈夫？」

差し伸べられた紫音の手に気づかないほど、映像に釘付けになっていた。

〈姪浜メイノ〉の身体が激しく揺れている。

苦しみに悶えるように頭を振り回し、紅色のロングヘアがそれに追従して３Ｄ空間を乱れ舞う。無音の映像から声にならない絶叫が響く。

そして、〈メイノ〉の頭が前に、、、、スライドした。前に飛び出した頭部を追うように、背中があり得ない角度に曲がり、そのまま上半身が下半身にめり込む。しかし、両腕だけは後方に突き出している。

まるでゲームのバグ画面のように、物理法則を無視して配置された人体のパーツ。

ただ、これはゲームではない。画面の先には現実の肉体がある。

「陽子……」

紫音の手を取って立ち上がり、再び走り出した。膝の痛みは消えていた。

合鍵でエントランスを通り抜け、三階分の階段を駆け上がる。そのあいだに紫音の足音は遠ざかり、とうに聞こえなくなっていた。

三〇三号室に土足で踏み込むと、真っ先にスタジオのある部屋の前に向かった。

ドアノブに手をかけたとき、唯は一瞬だけ躊躇《ちゅうちょ》した。

この先にはきっと、恐ろしいものが待ち受けている。それは一生癒えない傷を心に刻み込むかもしれない。あるいは現実の脅威が自分の命を奪うかもしれない。

――それでもいい。

ドアを勢いよく開け放った唯は、一つの希望が潰《つい》える音を聞いた。

ごとん——

部外者

『女子大学生の遺体発見　F市』

F市N区のマンションでS大学の女子大学生、姪浜陽子さん（18）の遺体が発見された。一日午後二時ごろ、「友人と連絡がつかない」と大学の友人から通報があった。自宅マンションに急行したN署員が女性を発見、その後、死亡を確認した。F県警は他殺と見て捜査を進めている。


大学三年生の月浦一真《つきうらかずま》は、畳の間に一人寝そべってネットニュースを読んでいた。

報道管制が敷かれているのか、どのメディアのニュースでも、姪浜陽子の正体がVチューバー〈姪浜メイノ〉であることには触れていなかったし、死体の状態や殺害方法の詳細も伏せられていたが、一真はそれらの事情を知っていた。

同じ大学に通う一年生の妹、紫音が偶然にも死体の発見者になったからだ。

入学して数ヶ月で血も凍るような凄惨な殺人事件に出くわすというのは、なかなかの不運に見舞われたものだと思うが、もしかすると、不運に取りつかれているのは紫音ではなく、我々月浦家なのかもしれない。

というのも、現在進行形で一家を襲っている不運な事象があるからだ。

「暑い……」

ちりん、と縁側に吊るされた風鈴が鳴った。

一真が家族と暮らしているこの古い家で、不幸なシンクロニシティが発生したのはつい先日だった。家中のエアコンが一斉に故障したのである。その日、記録的な豪雨による落雷で近所一帯が停電した。おそらくその際の過電流が、老朽化した回路にとどめを刺したのだろう。古い型式なので修理ができず、買い替えようにも予約待ちという状況だ。

茹《ゆ》だった頭に、工学部の講義で習った「バスタブ曲線」という言葉が浮かぶ。

製品が故障する確率の時間変化は、故障率曲線、またはバスタブ曲線と呼ばれるもので表される。文字通り、バスタブの断面を横から見たような曲線だ。始点は高く、やがて急激に低くなって一定に、最後に急カーブで上昇する。

流通直後は初期不良が起こりやすいので壊れやすいが、その確率をくぐり抜けたモノたちは長生きする。だが、やがて経年劣化が進み、生き残った彼らもばたばたと倒れていく。人間と同じで赤ん坊と老人が死にやすいのだ。まさしく世の無常。

『エアコンはバスタブの縁から落ちた』

メッセージアプリ「リンネ」を開き、『紫音』というアカウントに意味もなくテキストを送る。妹はすぐに返事をよこした。

『マザーグース?』

恐ろしい死体を目の当たりにし、事情聴取を受けた後の紫音は、しばらく心ここにあらずの様子だったが、この調子だと心配はいらないだろう。今はおそらく二階の自室、扇風機の前に陣取ってわずかな涼を取っているはずだ。

再びメッセージを送る。

『昨日、大学に行ったんだろ。今津さんって子の様子はどうだった』

『わからない。学校には来てた』

『薄情だな。友達じゃないのか』

『あの日まで喋《しゃべ》ったこともなかった』

連日の熱帯夜をエアコンなしで過ごしてきたせいで、紫音は慢性的な寝不足であり、事件の日も一時間ほど寝坊していた。遅れて大学に着いた彼女は、講義室の前で誰かと電話をしている唯を見かけ、妙な胸騒ぎを覚えて声をかけたのだという。

『珍しいな。おまえが知らないやつに話しかけるとは』

『私もそう思う。でも、そうしないといけない気がした』

不意に、冷たい汗が首筋を伝った。去年の夏、一真はある人物との遭遇を通して、人の自由意志というものの存在を問い直すことになった。

——鬼界《きかい》。

年齢も性別も判然としない「彼」は、他者のシステムを同定することでその人間を自由自在に操ることができた。鬼界はその行為を「人間の制御」と呼んでいた。

『おまえ、もしかして制御されてないか?』

ちりん、と風鈴が鳴った。

変革者

大学の研究室。サークル部屋。あるいは、子供の秘密基地。

それが、鳥飼仁《とりかいじん》がそのオフィスを目の当たりにしたときの率直な感想だった。

モニターが三つも四つも設置されたスチールデスクが並び、ビジネス用語の書き込みで埋め尽くされたホワイトボードがあると思えば、雑誌や漫画本が散らばるソファや、ゲーム機の接続された大型テレビがあったりする。F市中心部の高層ビル内にある一流企業の本社、という前提を忘れてしまうような光景だ。

そんな空間の片隅、喫茶店のような丸テーブルの対面に座っているのは、相生《あいおい》と名乗った三十代くらいの女性。緩いウェーブがかかった茶髪に、フレームの細い眼鏡をかけていて、穏やかで知的な雰囲気を漂わせている。

「片づけるようには一応言ってるんだけどね。インターン生が来るんだから、恥ずかしくないようにって」

相生は散らかったオフィスを一瞥《いちべつ》して、やや低めの落ち着いた声でぼやいた。

「初めに断っておくけど、これは面接でも何でもないの。私も人事じゃなくて、ただのエンジニア。インターン生と適当にお喋りしてほしいって頼まれただけ。まあ一応、報告書は出すことになってるけど。そういうわけで、よろしくね」

「はい、よろしくお願いします」

「知りたいこととか、わからないことがあったら何でも聞いてね。わからないことをそのままにするのは気持ち悪いでしょう。……だからちょっと訊きたいんだけど、鳥飼くんはどうしてうちに興味を持ったの？」

——来た。

就活における必修問題、志望動機の質問だ。全身に緊張がみなぎる。

「まず私は、御社の企業理念に——」

「うふふ、そういうのはいいの。率直な話が聞きたいから」

「……本当は、御社がクォーカを作った会社だからです」

株式会社クォーカ。

その名の通り、クォーカというSNSを運営している企業だ。大手IT企業から独立した現社長が開発したクォーカは、栄枯盛衰のサイクルの早いSNSの世界において、十年以上にわたってその地位を揺るがぬものとしている。

「私——僕は昔からSNSに関わる仕事に憧れていました。自分の言葉を世界に向かって自由に発信できる時代に生まれたのはとても幸運なことですし、その権利を守っていかないといけないと思っています。僕はクォーカで——」

「言論の自由を守りたいなら、政治家になったほうがいいんじゃない？」

圧迫面接のような切り返しに心臓が縮んだが、相生は微笑みを崩さない。単なる軽口なのか、こちらの本音を引き出すアクティブソナーなのか。

「僕がやりたいのは、政治家にはできないことです。つまり、政治的または法的なアプローチによってではなく、テクノロジーによって言論の自由を守る」

「なるほどね」

「インターネットにおいて言論の自由は守られているように見えます。ですが、そこに政府や企業といった大きな力が加わると、一個人の自由は容易《たやす》く奪われてしまう。例えば、ある人物が政府の不正を暴き、クォーカを通して公表したとします。ですが、政府がクォーカ社に圧力をかければ、その書き込みを消すこともできるし、発信者を特定することもできるでしょう」

「通信の秘密は一応、憲法で認められた権利よ」

「建前上はそうでしょう。ですが、インターネットにおける自由が、現実世界のパワーバランスによって覆される可能性がある限り、そこに本当の自由はありません。そこで僕は考えたんです。発信者の個人情報を守るのが難しいなら、そもそも発信者が原理的に特定できないシステムを作ればいい、と」

　当然ご存じだとは思いますが、と前置きして、

「警察や個人がクォーカの投稿から発信者を特定するには、まずログに残ったＩＰアドレスを手に入れる必要があります。そして、ＩＰアドレスから発信者が契約しているプロバイダをたどれば、個人情報が入手できる。裏を返せば、ＩＰアドレスがログに残っていなければ特定は不可能です」

「つまり、クォーカが最初から投稿者のＩＰアドレスを保存しなければいいのね」

「その通りです」

相生はついと横を向き、大型テレビとゲーム機を眺めながら言った。

「鳥飼くんはこの部屋を見て、自由な会社だって言ったでしょう。それが許されているのは、私たちが大人だから。自由な環境の中でも自分をコントロールして、オンオフの区別をつけて働ける人材だからなの」

こちらに向き直った相生は、探りを入れるような目で仁を見た。

「子供だったらそんなことはできない。手元にゲーム機があったら、やるべきことを忘れて延々と遊び続けてしまう。有効な対策は、ゲーム機を取り上げること、つまり自由を制限することしかない。そして、社会を構成する人々の大半は子供なの」

相生が小さく唇を歪めたので、それが皮肉だとわかった。

「クォーカでは投稿者のアクセスログを六十日間保存してる。保存期間については政府のガイドラインがあるし、コンプライアンス的な理由もあるけど、それが行き過ぎた自由への抑止力になってるのは確か。もしログの保存期間が撤廃されたら何が起こるか、考えなくてもわかるでしょう？」

ええ、と仁は頷いた。

「犯罪や誹謗中傷は大幅に増えるでしょうね。自由の代償です」

物心ついたころからインターネットに触れてきた世代として、匿名の人間がどれほど愚かでコントロールできない存在なのかは身をもって知っている。

「ただ、それには対抗策があります。投稿の内容をＡＩにあらかじめチェックさせるんです。人を傷つける投稿はシステムにブロックされて、そもそも投稿することができなくなります」

「今でもクォーカはＡＩが巡回してて、場合によっては自動でアカウントを凍結する仕組みになってるけど、それとは違うの？」

「おそらく、クォーカのＡＩは特定の単語や表現に反応しているだけでしょう。実際、明らかに個人攻撃と見える投稿が放置されていますから。僕はもっと細やかに表現を規制して、言葉の暴力からユーザーを守れるようなシステムが作りたいんです」

相生は小さく首を傾げて、不思議そうに訊いた。

「鳥飼くんは言論の自由を守りたいんでしょう。でも、ＡＩに投稿を検閲させるっていうのは、自由に反してるような気がしない？」

「大切なのは、ユーザーが選択できるということです。特定されるリスクを承知の上で自由な投稿を行うか。あるいは、ＡＩによる検閲を受けることで完全な匿名投稿者となるか。選択できるというのはある種の自由です。それに、世界に向けて発信されるべき言葉は、ＡＩの検閲なんかに弾かれたりしない。僕はそう思っています」

そのとき脳裏をよぎったのは遠い日の記憶だった。

汗の匂いが充満した薄暗い部室。激しい罵声。蒼ざめたチームメイトたちの顔。肉の潰れる音。コンクリートの床に滴る血。

赤く染まった手のひらを見つめる、無力な子供だった自分。

「高校のとき、サッカー部に暴力的な顧問がいたんです。部員に容赦ない体罰を行う、最悪の教師でした。弱い人間は、強い人間に従わないといけない。世の中には無力な人間にはどうすることもできないことがあると知って、絶望したのを覚えています。でも――」

ほんの少しだけ躊躇《ためら》って、仁は続けた。

「顧問の悪行を盗撮した動画をクォーカに流したんです。効果は劇的でした。顧問は失脚して、学校を去った。インターネットが弱者にとっての心強い味方だと思い知ったのはそのときです。その凄まじい拡散力が弱者にとっての矛なら、その匿名性は盾でしょう。僕は、強者に屈せず世の中を変えようとする弱者たちの言葉を守りたい。クォーカを彼らの武器にしたいんです」

話が終わると、相生は音の出ない小さな拍手をした。彼女は柔らかく微笑み、仁に向かって手を差し出す。

状況が呑み込めないまま仁がその手を握ると、相生は静かに告げた。

「――ようこそ、クォーカへ」

衝撃が脳天を突き抜けた。

やっぱりこれは面接だったのだ。インターンシップに偽装された採用試験。倍率数千倍とも噂されるクォーカの内定を、この自分が勝ち取った。

が、相生の次の一言で興奮はあっけなく消え去った。

「ごめん、冗談。うふふっ」

ショックがよほど顔に表れていたのか、相生は慌てたようにフォローした。

「でも、鳥飼くんのお話は面白かったよ。ちゃんと報告しておくから心配しないでね。私としても、鳥飼くんみたいな子が入ってきてくれると嬉しいから」

「……それなら良かったです。よろしくお願いします」

仁は自分の笑顔が引きつっているのを自覚しつつ、頭を下げた。


そんな肩透かしめいたことはあったものの、仁は順調に採用試験をくぐり抜け、翌々年にはクォーカに入社した。

勤め始めて三年が経ったころ、社長プレゼンで予算を獲得した仁は、とあるＩＴベンチャーと共同で検閲ＡＩの開発を始めた。その開発に役立ったのが、仁が大学時代に作った「レプリカ」というアプリだった。ある個人のＳＮＳの投稿から文章の癖を学習し、疑似的な投稿を生成するアプリで、一時期は有名人の複製《レプリカ》が続々と作られて話題になった。半分遊びで作った代物が、現在の仕事に繋がっていることを思うと、何となく運命めいたものを感じてしまう。

「すると、仁がサッカー部に入ったのも運命だったんだ」

六本松拓郎《ろっぽんまつたくろう》は、焼き鳥の串を丁寧に外しながら、人懐っこい丸顔を綻ばせた。

出張で東京に来ていた仁だったが、Ｆ市を襲う豪雨によって飛行機が運休し、一晩足止めを食らうことになった。そこで東京在住の拓郎と久々に旧交を温めることを思いつき、彼を居酒屋に誘ったのだった。

「ああ、そうだね」

仁はジョッキのビールを口に含みながら頷いた。

「サッカー部に入らなかったら、クォーカを目指すこともなかったし、入社することもできなかったと思う。そういう意味であいつには感謝しないといけない」

中学、高校と同じ学校で、部活もずっと同じだった拓郎には、わざわざ固有名詞を出さなくても話が通じる。彼は同意を示すように頷いた。

「僕も結果的にはあいつのおかげで今の仕事にありついてるわけだし。まあ、散々殴られたこと自体を許すつもりはないけど」

「それはそうだ。暴力を許しちゃいけない」

不思議だ、と思う。すでに二十代の終わりに差しかかっているというのに、拓郎の前では高校生に戻ったような気分になる。世界に対する無力感や、絶対的強者への反感といった青臭い感情までもが蘇ってくるようだ。

仁はジョッキを片手に高揚した気分で語った。

「暴力は強者の武器だ。僕が作ったデバリングシステムは、言ってみれば弱者の武器ということになるかな」

デバリングとは「バリ取り」のことだ。金属を加工して作ったモノは、その縁に鋭い突起――バリが残ることがある。店に並んでいるモノはどれも、誰かが丁寧にバリを削ってくれたものなのだと、板金職人だった祖父は教えてくれた。

人の身体を傷つけるバリを削り取るように、人の心を傷つける言葉を削り取る。ＡＩによって投稿を検閲するシステムにふさわしい名前だと思っていた。

「このシステムが実装されて、匿名でいる権利がより広く認知されたら、社会はよりよい方向へ変わっていくと思う。……どうした？」

そう声をかけたのは、拓郎の表情に陰りが見えたような気がしたからだ。

しかし、彼は何でもないというように手を振って、

「いや、ちょっと懐かしくなって。仁、昔からよくそういう話してたから。世界とか社会とか、テーマが馬鹿でかい話を大仰に語ってさ」

「あのころはお遊びだったけど、今は違う。僕たちはもう世界に手が届くじゃないか」

「天下のクォーカ社員様はそうだろうね。こっちは根無しプログラマーだよ」

「それを言えば、僕だってただのサラリーマンだ。拓郎には敵《かな》わない」

「またまた」

拓郎は自己評価が低いきらいがある。フリーランスのプログラマーという本業と、学生時代から続けている副業でコンスタントに稼いでいる男が、一介のサラリーマンである仁に比べて劣っているはずがないというのに。

ところで、と拓郎は周囲を憚《はばか》るように声を低めた。

「御所ヶ谷《ごしょがだに》先生の動画のことだけどさ」

忘れもしない。仁がこの手で失脚させた、サッカー部の暴力顧問だ。

「仁からコピー貰ってたんだけど、このあいだＰＣの中身整理してるときに、たまたま見つけたんだよ。それで何となく見返してみて気づいたんだ」

「何に？」

「あれ、フェイク、じゃないかな」

時間が止まったような気がした。店内の喧騒が遠ざかっていき、代わりにあの声が頭の中に響いた。忌まわしいあの男の声が。

──チクるんじゃねえぞ。チクったら、ぶっ殺すからな。

ほどなくして我に返った仁は、掠《かす》れた声で反論した。

「あり得ない。偽物なんて作れるわけが……」

「よく観察してみると、どう考えても不自然なところがあるんだ。動画が出てすぐ、先生は罪を認めて辞めちゃったから、誰も動画の検証まではしなかったけど」

自分は正義を執行した。強者を倒し、弱者を守ったのだ。ずっとそう信じてきた。

しかし、その拠《よ》り所となるものが、誰かの作った偽物だったとしたら。

「万が一、あの動画がフェイクだったとしても──」

仁は内心の動揺を悟られないように抑えた声で言った。

「御所ヶ谷が暴力を振るっていたのは事実だ。被害者の赤坂《あかさか》だってそれを認めた。動画は問題が表出するきっかけでしかなかった。そうじゃないか？」

拓郎はどこか哀しげな笑みで応えた。

「そうだね。仁は正しいよ」

元高校教師、御所ヶ谷毅《つよし》が何者かに殺害されたのは、その二週間後だった。

しばらくはベッドから起き上がることもできなくなる、と唯は思っていた。食事が喉を通らなくて、もちろん大学にも行けなくて、無二の親友を突然喪《うしな》った哀しみから立ち直るのは遠い先のことになる、と。

でも、実際は違った。

警察の事情聴取から解放された翌日、唯はいつもと変わらぬ時間に目を覚まし、普段通り大学に向かった。その翌日も、翌々日も。

ただ一つ変わったのは、あの日からインターネットに触《ふ》れなくなったことだ。〈OnlyNow〉が〈姪浜メイノ〉と親交が深かったことは知られているから、きっと多くのフォロワーが心配しているだろう。また、ニュースサイトでは殺害に使われた特殊な装置のことを含め、ライブ配信中の殺人について続々と新たな事実が公表され、盛んに議論が交わされているはずだ。

唯は陽子に関わるすべての情報をシャットアウトしたかった。なぜ陽子が殺されたのかを考えたくなかった。なぜ考えたくないのかも、考えたくなかった。

チャイムが鳴り、老教授が講義の終わりを告げる。ノートや筆記具を片付けていると、隣に座っていたクラスの友人から声をかけられた。

「今日はやけに真面目だったよね」

「……そう見えた？」

そりゃそうでしょ、と彼女は憮然としたように応えた。

「唯、いつも途中で寝ちゃって、私にノート借りてたじゃない」

そういえば、今日はまったく眠くならなかった、とようやく気づいた。

「まあね。期末前だから、気を引き締めていかないと」

「その調子で頼むよ」

困ったように笑う彼女の顔を見ながら考える。彼女は唯が〈OnlyNow〉であることも、殺人事件の目撃者になったことも知らない。それを隠しているのは裏切りだろうか。もし本当のことを知ったら、彼女は傷つくだろうか。

別にそれでも構わない、と思う。

——親友の死に一滴も涙を流さないくらい、私は薄情なのだから。

友人と連れ立って講義室を出ていく途中、月浦紫音が視界に入った。彼女は席についたままちらりと唯を見たが、すぐに視線を逸らした。

あの日以来、紫音とは言葉を交わしていない。無関係な彼女を厄介なことに巻き込んだのは申し訳なく思っていたが、こちらの正体を知られている以上、あまり関わり合いになりたくない相手ではあった。

「そういえば、お祖母ちゃんはどうだったの？」

と、友人が訊いてきた。事情聴取で休んでいた数日間については、離れて住む祖母が怪我をしたので様子を見に行った、と説明していた。

「しばらく入院するみたいだけど、元気そうだったよ」

「そっか。なら良かったね」

唯は笑って応えた。

「うん、良かった」


帰宅した唯を迎えたのは家政婦の女性だけだった。

多忙な両親はたいてい夜遅くまで帰ってこない。昔はそれに寂しさを覚えたこともあったが、今は顔を合わせずに済むことがありがたかった。

食事と入浴を済ませて自室に上がり、ベッドに寝転がる。サイドテーブルに置いてあったタブレット端末とタッチペンに手を伸ばした。

その手が、途中で止まった。

——意味がない。

イラストの主な納入先だった陽子はもういないし、クォーカにアクセスする気も失っている今、何かを描いたところで発表する場がなかった。

以前なら自室にいるときは絵を描くかスマートフォンをいじるか、そのどちらかだった。その両者を手放してしまうと、ぽっかりと空虚な時間が生まれる。

唯はぼんやりと天井を見つめながら、これからのことに思いを馳せた。

イラストレーターとしての自分は、もう終わってしまったのかもしれない。

〈OnlyNow〉――「今だけ」。

ペンネームをそう決めたときから、唯はいつか自分が絵を描かなくなる日が訪れることを知っていた。絵を描くことを本業にするつもりもなかった。

もっと先だと思っていた「期限」が少し早めに訪れただけだ。

唯はタッチペンを手に取って、ベッドの上で身体をねじると、部屋の隅に向けて放り投げた。

ゴミ箱に入り損ねたペンは、棚の下の隙間に吸い込まれて消えた。

「……おしまい」

肩の荷が下りたような気分になったとき、明るい電子音が響いた。

リンネの通知音だった。U-Tubeやクォーカの通知は切ってあったが、メッセージアプリは別だ。リアルな人間関係を断つわけにはいかない。

確認するとやはりメッセージが届いていたが、通知画面に表示された相手のアカウント名は予想外のものだった。

『月浦紫音』

入学直後に作られたクラスのグループチャットに二人とも入っているから、その繋がりを利用してメッセージを送ってきたのだろう。あの事件以来、紫音とは一切言葉を交わしていなかったが、慰めの言葉を送るくらいには心配してくれているのだろうか。

そんなことを考えながらメッセージを開封した。

『クォーカを開いて、姪浜メイノの最後の投稿を見てほしい』

最後の投稿、という言葉にはっと胸を衝かれたが、同時に疎《うと》ましさも覚えた。自室に土足で踏み込まれたような不快感。

それでも指示に従うことにしたのは、テキストの続きが目に入ったからだ。

『たぶん、今津さんへのメッセージだと思うから』

久々にクォーカを開くと、絵描き仲間やフォロワーからのダイレクトメッセージが大量に届いていた。どれも唯を心配する内容のものだ。しばらく更新が途絶えていたせいだろう。それらをいったん無視して、姪浜メイノのマイページを探した。

そして最後の投稿を見つけた。投稿日時は先週の金曜日――事件当日。

文面はシンプルだった。たった一行。

それを見た瞬間、目の前に蘇った光景があった。

――今津さん。

夕焼けに染まった中学校の廊下。不意に背後から聞こえたガラスのように美しい声に振り向いたとき、唯は初めて姪浜陽子の顔を見た。そのとき唯が思わず息を呑んだのは、彼女が美しかったからではない。

顎から右頬にかけての皮膚を、赤紫色の痣が覆っていたからだ。

先天性の皮膚病らしい。彼女の顔には生まれたときから目立つ痣《あざ》があった。治療は何度も行われたが、彼女の場合はほとんど効果がなかった。

——あたしは歌うのが好き。でもそれ以上に、もっとたくさんの人にあたしの歌を聴いてもらいたい。歌が上手いって、声が可愛いって言ってもらいたい。有名になりたい。たくさん稼いで綺麗になりたい。

容姿に大きなハンディキャップを背負って生まれながらも、自分の歌を多くの人に聴いてもらうことを望んだ陽子が、顔のない「歌い手」としてインターネットで活動することに決めたのは必然だったのかもしれない。

生来目立ちたがり屋の陽子にとって、それは残酷な選択だったはずだが、彼女は全力で〈眩暈メイ〉や〈姪浜メイノ〉を演じ、もう一人の自分としての人生を心から楽しんでいた。そして彼女は、痣の存在すら受け入れているように見えた。

——あと、髪は赤がいいな。

彼女は赤が好きだった。分身の髪やコスチュームには赤系統の色を指定し、大学からは生身の髪も赤く染めた。ファンデーションで隠しても赤っぽく残る、自らの人生をねじ曲げた痣を、それでも彼女は愛そうとした。

それなのに、私は。

——たぶん来週の金曜にやるけど、オンちゃんはどうする？

最後に会ったとき、陽子はそんな回りくどい言い回しでライブ配信に出ないかと誘ったが、唯はいつものように無視した。毎回、陽子の優しさを無下にし続けてきた。

「ごめん……」

急に目の奥が熱くなり、声が洩れた。

「ごめん、陽子……」

かさかさと掠れた低い声。

思春期の唯を絶望させた、今でもなお受け入れがたい、自分の醜い声。

――唯ちゃんの声、可愛いー！

中学校の同級生たちの嘲りに満ちた笑顔が、今も記憶に焼きついている。

酒焼けした中年女のような自分の声が嫌いだった。陽子のように透き通った美しい声と比べられたくなくて、彼女と公開の場で喋ることに踏み切れなかった。陽子が耐えてきたものと比べたら、唯のコンプレックスなど取るに足りないものだったのに。

『オンちゃんと配信やりたかったたな』

陽子の最後の投稿が、滲んだ視界の中に消えていく。

彼女の想いに応える術《すべ》は、もはや存在しなかった。


翌日の午後、唯は大学の食堂にいた。

講義中の時間帯のせいか、冷房の効いた店内はがらんとしていて、二人掛けのテーブル席にぽつんと一人で座っていると心細さが込み上げてくる。つい紫音の提案に乗ってしまった自分を責めたくなった。

『この事件にはきっと、鬼界が関わってる』

昨晩、紫音が送ってきたメッセージは首を傾げたくなるものだった。鬼界。キカイと読むのだろうか。そういえば、一緒にタクシーに乗ったとき、紫音がそんな名前を口にしていたような。

『私の兄が今津さんの話を聞きたいって言ってた。兄は鬼界のことをよく理解してるから、もしかしたら犯人を突き止められるかもしれない』

『でも、そのうち警察が捕まえてくれるんじゃない？』

『警察には頼れない。鬼界は前回も、警察の裏をかいて逃げおおせたから』

そこで、なぜ「キカイ」という名前に心当たりがあったのかを思い出した。都市伝説系の怪しいブログでその名前を見かけたのだ。Ｆ市大学院生殺人事件の黒幕だという、他人を操る謎の人物、キカイ。

唯の語る「鬼界」は、それと同一人物なのだろうか。

あのブログの内容は眉唾物だったから、紫音の話がどこまで本当なのかは疑わしかったが、犯人を突き止める、というアイデアには惹かれた。陽子を殺した犯人をこの手で捕まえることが、救えなかった彼女へのせめてもの罪滅ぼしだと思ったから。

唯は覚悟を決め、紫音に返信した。

『わかった。協力する』

とは言ったものの、まさか紫音の兄と二人きりで会うというのは想定外だった。なぜ紫音が同席しないのかと訊くと、自宅のエアコン工事に立ち会わないといけないからだという。殺人事件の調査に比べるとずいぶん牧歌的な理由だ。

「今津唯さん?」

急に声がしたので顔を上げると、すぐ近くに知らない青年が立っていた。

「……紫音さんのお兄さんですか?」

「ああ。今日は来てくれてありがとう」

紫音の兄、月浦一真はごく平凡な大学生に見えた。身体の線が細く、どちらかというと頼りなく見える。洗いざらしのTシャツとくたびれたジーンズがその印象に拍車をかけた。

一真は無料のウォーターサーバーから水の入ったコップを二つ持ってくると、唯と自分の前に置き、単刀直入に話し始めた。

「友達があんなことになったばかりで申し訳ないが、今津さんに協力してほしいことがある。俺はこの事件に関わってるかもしれない人間に心当たりがあるんだ」

「鬼界、ですか?」

一真は真剣な顔で頷いた。

「本題に入る前に、鬼界がどういう人間なのかについて説明しておく。わからないところがあったら遠慮せず言ってくれ。まず、奴は人間を制御できる」

「制御……」

「鬼界が言うには、人間は入力と出力を備えたシステムだ。人間は五感を通して入力された情報をもとに思考し、行動として出力する。例えば――」

一真はコップを傾け、テーブルに置いた左手に少量の水を垂らした。

「手が濡れる。これも一つの入力だ。すると、俺は様々なことを考える。手が冷たいと感じたり、テーブルが濡れてると気づいたり、今日はハンカチを持ってきたかを思い返したりする。それらの思考の結果が、行動として出力される」

彼はハンカチを取り出し、左手とテーブルを拭った。

「他の誰かだったら、ハンカチを使わずに服で拭くかもしれない。ティッシュで拭くかもしれないし、何もせず自然乾燥に任せるかもしれない。出力される行動は、個々人の性格や思想――システムの構造によって決まる。逆に言えば、入力と出力の関係を知ることで、その人の固有のシステムを特定できる。制御工学ではこの操作をシステム同定と呼ぶんだが、鬼界はそれを人間に当てはめたわけだ。ここまでは大丈夫か？」

抽象的で呑み込みにくい話だったが、どうにか概略は理解できた。

「はい、一応。……つまり、方程式を解くようなことですか？」

「その通りだ。鬼界は人間という方程式を解いて、システムを同定した人間を操ることができる。固有のシステムを理解してさえいれば、特定の入力によって任意の出力を導くことも可能だという理屈らしい。鬼界はその能力を使って、自分の目的のために大勢の人間を制御してきた。具体的には、人の弱みを握って脅し、自由に操れる手駒にするんだ。そうやって構築された人間のネットワーク――鬼界システムは奴の手足として動き、犯罪すら遂行する。実際に殺人事件を起こしたこともあるんだ」

「もしかして、大学院生殺人事件のことですか？」

「知ってたのか」

とあるブログで知ったことを伝えると、一真は忌々《いまいま》しげな顔をした。

「警察は公表してないから、どこかの誰かが漏らしたんだろうが、勝手に都市伝説にするのは勘弁願いたいな。俺たちが殺されかけたのは事実なのに」

「じゃあ、犯人に刺された大学生っていうのは――」

ブログによれば、逮捕前の犯人に刃物で襲われた大学生と中学生がいた。

「俺だ。塾の教え子も同じ目に遭った」

「じゃあ、その手も？」

一真の右手には、手のひらを横断する一条の傷痕があり、そこだけ肉が盛り上がっていた。ナイフで切り裂かれた痕にも見える。

「いや、これは別件だ。ちょっと前、工作中に怪我をして」

「工作？」

「大学でロボットを作ったんだ。工作本部って名前のサークルで……まあ、そんなことはどうでもいい。君はここまでの話を信じてくれるか？」

唯が言葉を返しかねていると、一真は苦笑した。

「……信じられないって顔だな」

初対面の相手に気後れしながらも、唯は曖昧《あいまい》に頷いた。

「はい。事件が起こったのは本当だと思いますけど、その鬼界っていう人のことはまだ信じられません。でも、それはこの際置いておきます。とにかく鬼界という人がいたとして、その人は何のために他人を操ったり殺したりするんですか？」

「この社会のシステムを制御するため、らしい」

「はあ」

「さっき説明した通り、鬼界の考えでは人間に自由意志は存在しない。あらゆる行動が外界からの入力に対する出力だと言える。だが、人間の意識はその事実を否定し、自分に意志や感情があると思い込む。自由意志というフィクションが人間社会を歪《ゆが》ませ、様々な問題を引き起こしているから、社会を制御することでそのシステムを最適化したい、と鬼界は言った。——奴の話をどこまで信じていいかはさておき、社会を変えるという鬼界の目的を悪とは言い切れない。もしかしたら、ある意味では正義と言えるかもしれない」

「正義、ですか」

「鬼界の言う通り、人の意志や感情が不幸を生んでいるのは動かしがたい事実だからな。感情があるから人を恨み、意志があるから人を殺す。世界中の人々の行動が完璧にコントロールされれば、殺人事件なんて起こらない」

もし世界がそうなっていたら、陽子は死ななくて済んだのだろうか。

でも、と思う。

「殺人事件は起こってるじゃないですか。鬼界のせいで」

「問題はそこだ。奴は人の意志や感情を虚構だと捉えてるから、他人を機械のように扱う。都合よく使って、使い潰して、使い捨てることに躊躇《ちゅうちょ》しない。たとえ鬼界の目的が正義だとしても、その行為は悪だ。奴のせいで誰かが不幸になるとしたら、それだけは食い止めないといけない」

「正義のため、ですか?」

一真はきまりが悪そうな顔をして、長めの髪をくしゃくしゃと掻いた。

「ちょっと格好つけすぎたな。実際はもっと個人的な動機だ。俺は鬼界が嫌いなんだ。人間の意志や感情を否定する思想もそうだし、他人をおもちゃみたいに弄《もてあそ》ぶのも、世界を自分の一存で作り変えようとしてるのも気に入らない。だから鬼界の計画を阻止して、奴の存在そのものを否定してやりたいと思ってる」

陽子を殺した犯人を突き止めるのもその一環ということだろう。目的はどうあれ、犯人捜しに力を貸してくれるのであれば、一真の協力を拒む理由はなかった。

とはいえ、根本的な疑問がある。

「月浦さんは、どうしてこの事件に鬼界が関わってると思ったんですか?」

「一つは、凶器が特殊な装置だったことだ。以前も鬼界は手作りの機械を使って殺人を演出した。もう一つは、紫音が目撃者になったことだ。鬼界を知っている紫音が、たまたま異常な殺人事件に巻き込まれるなんてのは、偶然としてはできすぎてる」

話の流れがつかめなくて、唯は首を傾げた。

「どういう意味ですか？　紫音さんをマンションに連れて行ったのは私ですけど、たまたま近くにいたから誘っただけで、ただの偶然ですよ」

「そうなるように鬼界が仕組んだのかもしれない」

恐ろしいと思った。それが事実であっても、妄想の一種であっても。

とにかく、と一真は続ける。

「姪浜さんを殺したのが鬼界本人じゃないことは確かだ。奴は直接手を下さない。おそらく姪浜さんに殺意を持つ誰かをそそのかしたんだろう。実行犯は彼女の周辺にいる可能性が高い。もちろん人間関係については警察も探ってるはずだが、それより先に俺たちの手で突き止めたいんだ。警察が動けば、鬼界は実行犯を切り捨てて逃げる。そうなったら奴の尻尾はつかめない」

「だったら、私は役に立たないかもしれません」

「どうして？」

「陽子に恨みを持つ人なんて思いつきませんから」

もちろん陽子が唯にすべてを打ち明けていたわけではないだろうし、彼女の知らないところで恨みを買っていた可能性はあるが、殺意まで向けられるというのは考えられないことだった。

「そうか……例えば、姪浜さんの男性関係は？」

「彼氏はいなかったはずです。高校時代は何人かに告白されてましたけど、全部断ってました」

「じゃあ、友人関係は？」

「陽子は友達が多いほうですけど、私以外にそれほど深い付き合いがある人はいなかったと思います。高校時代の友達とも没交渉みたいですし」

「君と姪浜さんは一年生だったか。入学して三ヶ月かそこらで殺されるほど憎まれるわけがないから、大学の友達でもない。……しかし、圧倒的に情報が足りないな。こうなったら警察に訊くか」

一瞬、聞き間違いかと思った。

「……警察、って言いました？」

「去年の事件で知り合った刑事がいるんだ。鬼界の話にも比較的理解があった。上手く協力を得られれば、何か情報を引き出せるかもしれない」


一真とは帰り道が同じだったので一緒に帰ることになった。電車に乗り込み、並んで席に着いてからは何となく会話が途切れ、唯はぼんやりと車窓から見える海を眺めていた。

毎日のように乗っている電車なのに、海が見えることを知ったのはつい最近だ。通学中はたいていスマートフォンと顔を突き合わせていたから。

情報端末の中に広がっている世界と比べると、窓の外に広がる風景はなんと情報量に乏しいことだろう。濃い青と薄い青、ツートンカラーで塗り分けられた絵画。眠気を誘われるほど退屈で、平和な世界。

——どうやったらネットが平和になるのかな。

以前、陽子にそんなことを訊いたことがある。とある芸能人の差別的投稿がクォーカを賑わせていたころだ。彼の過去の悪行が続々と掘り返され、インターネットに誹謗中傷の嵐が吹き荒れていた。

陽子は悪戯っぽく笑って、皮肉めいた答えを返した。

――世界を平和にするほうがずっと簡単だよ。

昨夜、思い切って〈姪浜メイノ〉のライブ配信の件をインターネットで検索した。そこには吐き気を催すような地獄が広がっていた。

死んだ姪浜陽子が〈メイノ〉であることはすでに公然の事実となり、その死の原因について無責任な憶測を唱える者や、陽子の個人情報を漁《あさ》って自らの手柄とばかりに公開する者、ライブ配信の動画を無断転載してアクセス数を稼ぐ者、その動画に悪趣味な加工を施す者――大勢の人々が寄ってたかって陽子の死という情報を貪《むさぼ》っていた。

匿名の悪意に触れるのには慣れていたし、匿名の善意が存在するのもまた知っていた。それでもあの瞬間は、こいつらが全員死んでしまえばいいのにと本気で思った。そうなったら世界はほんの少し平和になるだろうに、と。

ごとん、と電車の床に何かが転がった。

向かいの席の少年が荷物を落としただけだとわかっていた。それでも恐ろしい記憶がフラッシュバックするのを止められなかった。

椅子に座った陽子の身体。その膝に載った彼女の頭が、ごとんと音を立てて床に落ちる。虚ろに開かれた双眸《そうぼう》――

不意に息苦しさに襲われ、サマーニットの胸元を握りしめて喘いだ。

「大丈夫か？」

と、隣から声をかけてきたのは一真だった。

唯は悟られないように呼吸を整えると、小さくかぶりを振った。

「……何でもないです。ありがとうございます」

「ならいいが……おっと」

一真は足元に転がってきた野球ボールを拾い、携帯ゲーム機に集中している少年のもとへ届けに行った。ボールを受け取った少年が、ありがとう、と無邪気に笑う。

そんな光景を前にして、何だか泣き出したいような気分になった。

世界は理不尽で、残酷で、悪意に満ちている。それでも世界が成り立っているのは、顔も知らない誰かのちっぽけな善意のおかげなのかもしれない。

やがて席に戻ってきた一真に、唯は訊いた。

「月浦さん、ちょっと変なことを訊きますけど……インターネットを平和にするには、どうしたらいいと思いますか？」

本当に変な質問だな、と一真は苦笑して、しばらく黙り込んだ後に答えた。

「……分割すればいいんじゃないか」

「分割？」

「インターネットの世界は国境がない。だから知らなくていい情報を知ってしまうし、会わなくていい人間と会ってしまう。ネット上で起こる争いのほとんどは、余計な情報に接したり、意見の違う人間どうしがぶつかったりするのが原因だろ。あいつは悪人だとか、おまえは間違っているとか、俺は正しいだとか、そういう害にしかならない情報や繋がりをシャットアウトする境界線を引いて、その内側に住めばいい。そこはお互いに気心の知れた人々だけが住む、平和な世界だ」

「鍵アカウントみたいなものですか？」

クォーカを含めた多くのＳＮＳにある機能の一つだ。自分が承認したアカウントにだけ投稿を公開するように設定できる。鍵アカウントどうしのやり取りは、外部からは覗くことも口を挟むこともできない。

「あれは内側の情報を外側に漏らさないためのもので、外側の情報の侵入を防いでるわけじゃない。もっと強固な壁が要る。そして、クォーカみたいな一つのＳＮＳだけじゃなくて、ワールドワイドウェブそのものに壁を張り巡らせるんだ」

「国境みたいに、ですね」

「そうだな。すると、ネットの中にたくさんの国家みたいなものが生まれるわけだ。もちろんネットに物理的距離は関係ないから、どの国に属するかは自由だし、入出国も簡単だ。ある国が嫌になったら出ていって別の国に住めばいい」

一真の語るアイデアは魅力的に思えたが、懸念点もあった。

「インターネットの最大の利点は、豊富な情報を容易く手に入れられることですよね。それを制限するような方針がユーザーに受け入れられるでしょうか?」

「それはわからないが、いつか転換点が来ると思う。最新の情報を絶え間なく浴び続けることに疲れた人々は、きっとこの先増えていくからな」

「そうかもしれませんね。私も、疲れましたから」

「ネットは君のホームグラウンドだったんじゃないか?」

「だからこそです。もう絵は描きません。描く理由もなくなったし、そもそも、そんなことをしている暇はないんです。学業に専念しないと」

「君は紫音と同じで、情報系だったな。何か将来の夢があるのか?」

はい、と反射的に応えてしまったことをすぐに後悔した。

「どんな?」

「……恥ずかしくて言えないです。ごめんなさい」

「いや、こっちこそ悪かった。不躾《ぶしつけ》なことを訊いて」

気まずい空気が流れたとき、電車が一真の自宅の最寄りだという駅で停まった。彼は立ち上がり、刑事と話がついたらまた連絡する、と言い残して電車を降りた。

その後ろ姿を窓越しに見つめながら、唯は自己嫌悪が込み上げてくるのを感じた。

〈OnlyNow〉の仮面を外してもなお、私はもう一つの仮面を被ったままだ。

自分のことを気にかけてくれた、一真のような善人に対しても心を開けない。他人に情報を開示することを根本的に恐れている。決して人前で泣かず、笑顔という仮面で身を守っていた陽子と同じように。

唯はスマートフォンを取り出して、クォーカを開いた。世の中に悪意が溢れていることを確かめて、自分の行為を正当化したかった。

タイムラインのトップに表示された投稿。見知らぬアカウントが投稿した写真とテキストが、結果として唯の願いを叶えることになった。

それは陽子の写真だった。

彼女は両腕を後ろに回し、恐怖に見開いた眼でカメラを見つめていて、顔の下半分にはガムテープが貼られていた。まるで痣を覆い隠すように。

写真には契約書のように生硬なテキストが添えられていた。

観測者　@the_observer　20XX/07/08 17:00
『以下の条件を満たすアカウント保有者を無作為に削除する。
　1：日本国内在住であること。
　2：フォロワー数が100人以上であること。
　3：削除日の午前0時の時点で1および2を満たすこと。
削除は週に一度、無作為に選ばれた日時に実行される。
姪浜メイノ（@meinomeino）は前の条件を満たしていたために、20XX年7月1日午後2時27分に削除された。添付の写真は削除前に撮影されたものである』

――ああ、やっぱりそうだった。

ディスプレイの文字から滲《にじ》み出る狂気が、一つの確信をもたらした。

――やっぱり、世界は悪意に満ちている。

観測者

猟は姪浜陽子のマンションを後にした。

運送業者の制服は用意していた紙袋に収め、今はワイシャツに着替えていた。外回りのセールスマンを装って人気のない住宅街をゆっくりと歩く。

「本当にこれで上手く行くんだろうな」

猟が呟くと、眼鏡に仕込まれた骨伝導イヤホンから加工された声が響いた。

『それは君が決めることだよ』

「俺が？」

『僕はこの計画においては一つの道具に過ぎない。必要なモノと情報を集め、適切なプランを提案する装置。計画を実行し、その成否を判断するのは、君の役割だ』

「――ああ、そうだな」

だからこれは、俺の計画であり、俺の表現なのだ。

『始まったみたいだね』

猟はタブレットを取り出し、〈姪浜メイノ〉のライブ配信を表示させた。仮想空間にいる少女が激しく震えている。ついに「装置」が起動したのだろう。

猟は彼女に仕掛けた「装置」の姿を思い浮かべた。

中央に穴が開いた、平たい金属製の箱。

穴に人間の首を通し、掛け金をボルトで締結すると、もはや工具なしに装置を外すことはできない。ひとたび起動すれば、内蔵された二個の大型モータが回転し、その高速回転を減速機が高トルクの低速回転に変換する。向かい合わせに設置された二本の刃は、ゆっくりと回転する螺旋状のシャフトに沿ってスライドし、ステンレスの鋭い刃先を首の両側に食い込ませていく。やがて刃は皮膚を裂き、気管を破り、頸椎を断つ。

そして——

少女の頭が前に飛び出し、それを追うようにして背中が不自然に折り畳まれていくのが見えた。この世のものとは思えない奇怪な光景に目を奪われていると、

『人間は想像できないものを恐れる』

淡々とした声が頭に響いた。

『この配信を見ている人間の誰一人として、彼女が人体の構造上あり得ない動きをした理由を知らない。背中を丸めて肘を後ろに突き出す姿勢の意味も理解できない。実際は、ユーザーの首が切断されたことを感知できないソフトが、頭部と身体の位置情報を無理やり統合しているだけだとしても、彼らにとっては理解不能な恐怖でしかない。その恐怖は精神に刻まれ、彼らのシステムに深く根を張る』

「……成功したんだな」

『そうみたいだね。おめでとう。また一歩、君の目標に近づいた』

真に理解不能なのはこの男だ、と猟は思う。

――鬼界。

様々な面で計画の進行を支えている彼の正体を、猟はいまだに知らない。

ユーザーレビューに目を通しているうちに、仁は気分が沈んでいくのを感じた。

「どうだったの？」

と、いつの間にか仁のデスクの背後に立っていた相生が訊いてきた。

インターンシップで初めて会ったときは平社員だった彼女は現在、仁の直属の上司となってい て、社内で進められている複数のプロジェクトを管轄する立場だった。仁が担当する「デバリン グシステム（ＤＳ）」――ＡＩに投稿内容をチェックさせ、その代わりにユーザーのＩＰアドレ スを残さない機能もその一つだ。

デバリングシステムは社内テストを済ませた後、先日、一部ユーザーに対して試用を開始して いたのだが、ユーザーからの評価は芳《かんば》しいものではなかった。

「ベータ版ユーザーの反応はおおむね否定的でした。投稿が弾かれるのにストレスを感じる、わ ざわざ使う理由がない、という声が多いです」

「ＩＰアドレスの自動削除に関しては？」

「メリットが理解できない、というユーザーが大半です。また、はっきりとした反対意見もあり ました。このような制限をかけると抜け穴を探すユーザーが増えて、かえってクォーカの治安が 悪化する、と」

「それに関しては心配しないで。この手の制限を導入すると、システムの裏をかこうとするユーザーが必ず一定数現れるけど、すぐに飽きてやらなくなるから」

「それは、ＤＳもすぐに飽きられるということですか」

うふふ、と相生は呑気に笑う。

「そんなこと言ってないのに。でも、実際そうかも」

「フォローしてくださいよ」

「してるじゃない。しっかりと、ね」

相生は背後から仁の両肩をつかみ、耳元に口を寄せて囁いた。

「……忘れないでよ。この件を社長にねじ込んだの、私だってこと」

二年前の社長プレゼンが思い出される。デバリングシステムの概要を聞いた社長は、この件に関して明らかに好意的ではなかった。

社長は口元にだけ笑みを浮かべ、特徴的なハスキーボイスで語った。

――クォーカの由来を知っているね。素粒子のクォークだ。クォークは基本的に単独では存在せず、例えば陽子は三つのクォークで構成される。それらの結びつきは非常に強い。もしクォークどうしの結びつきが弱まったら、あらゆる物質は崩壊し、世界は終わる。人と人の繋がりも同じだ。人が互いを信用できなくなったら、社会はあっけなく終わりを迎えるだろう。だから私は、ＳＮＳにはある程度の透明性が必要だと思う。ユーザーを不透明な壁で囲うようなことはしたくない。

システムのコンセプトそのものを否定された仁は、返す言葉を失って呆然としていたが、そこで相生が助け舟を出した。

――ですが、クォーカを取り巻く環境は日々変化しています。何らかのきっかけでSNSへの不信感が蔓延したときに備えて、ユーザーに安心していただくための機能を準備しておくことは、決して無駄ではないでしょう。

その後の話し合いにより、社会情勢の変化によって機能追加の必要性が認められたときのみ、本格的な導入を検討する、という結論に至った。

「私もDSには期待してるの。美野島玲《みのしまれい》の件は覚えてるでしょう？」

「ええ。〈RedBird〉が絵を描いたっていう……」

かつて一世を風靡したものの、数々のスキャンダルが発覚し、八年前に自ら命を絶った女優、美野島玲。彼女をモチーフにしたと思われる絵を、謎のアーティスト〈RedBird〉がクォーカに投稿したのは去年のことだった。

絵のタイトルは『Remember Predators』。

活動初期である八年前に投稿された『Predators』という絵を思わせるタイトルであり、倒れた女を取り囲む群衆という構図も一致していた。女の風貌や衣装が美野島玲に似ていることや、投稿日が彼女の命日であることを誰かが指摘すると、瞬く間にクォーカ中で話題となった。やがてドキュメンタリー番組で特集が組まれたり、法学者や政治家が意見を表明したり、ネット上の誹謗《ひぼう》中傷の厳罰化を求める運動が巻き起こったりと、クォーカの域を超えて各界へ影響が広がることになった。

「ネット上の誹謗中傷について盛んに取り沙汰されている今なら、社長だってDSの正式リリースを却下できないはずよ。最近は新参のSNSに押され気味のクォーカが、再び世間の注目を取り戻すチャンスだから」

「……ええ。そうですね」

「どうしたの？　レビューがひどくて落ち込んじゃった？」

仁は曖昧に頷いて、すぐ近くにある相生の顔のほうを振り向いた。

「そろそろ離れてください。セクハラですよ」

本気で嫌だったわけではないが、花の蜜のように甘ったるい香水の匂いが漂ってきて落ち着かなかったのだ。

「あら、ごめんなさい」

相生は悪びれた様子もなく仁の肩からさっと手を離すと、じゃあ頑張って、と小さく手を振りながら去っていった。

ふと、オフィスが妙に騒がしいことに気づいた。

あるデスクの周囲に社員が集まっている。気になって近寄ってみると、どうやら彼らはデスクトップPCの画面を覗き込んでいるようだ。

見慣れたブラウザ版クォーカに表示された、写真付きの一件の投稿。

それが社会を震撼させる〈観測者〉事件の幕開けだったということを、この時点ではまだ知るよしもなかった。

「犯行声明」が投稿されてから二時間後、Ｆ県警から情報開示請求が届いた。〈観測者〉を名乗る人物の個人情報および通信記録を提出せよ、という要求だ。その時点で「犯行声明」は規約違反により削除されていたが、当然クォーカは例のアカウントの通信記録を保持していた。

もっとも、クォーカ社にもユーザーのプライバシーを守る義務があり、捜査機関の言いなりになるわけにはいかない。直ちに法務部門とセキュリティ部門を中心とする対策会議が開かれ、社長をはじめとする首脳陣が顔をそろえることになった。会議は深夜まで続き、法的妥当性に照らして開示範囲が慎重に定められた後、翌朝には県警本部に通信データが提出された。

波乱の週末が明けた月曜日。対策会議に出席していた相生は、今回のクォーカ社の対応についてこう語った。

「かなり迅速だった。クォーカの風評に関わる事件っていうのもあるけど、警察から相当せっつかれてたみたいね。手続きにもたついてたら殺人犯に逃げられちゃうから」

「でも、まだ捕まってないじゃないですか」

先々週にＶチューバーの女子大生を殺害し、クォーカユーザーを毎週一人殺すと宣言した犯人――〈観測者〉が逮捕されたというニュースはいまだ聞こえてこない。

相生は軽く肩をすくめた。

「犯人のＩＰアドレスを使って住所を突き止めたとしても、物理的に逃げちゃえばそれで終わりよ。または海外のサーバを経由したりして、足がつかないようにしてたのかも。ＤＳなんてなくても、匿名で言いたいことは言えるってわけね」

「ＤＳは投稿者の悪意を認識します。あんな投稿はできません」

「わかってるって」

相生は冗談めかして笑ったが、仁は笑えなかった。


自宅のデスクトップＰＣに向かい、仁はとある動画の再生ボタンを押す。

それは薄暗い室内を撮影した映像だった。視界はやや右に傾き、その半分は黒い影で隠されている。おそらくカメラは棚の奥に隠されているのだろう。レンズの前に置かれた何らかの物体に遮られて、撮影範囲はごく狭い空間に限られていた。

そこには二人の人物がいた。

一人は青色のジャージの背中をこちらに向けている。

もう一人はジャージの人物と向かい合うように立っている。半袖のシャツにチェック模様の入った濃紺のズボン。男子の夏用の制服姿だ。

映っているのは二人の胸から下。足元は映っていない。ピントが手前の物体に合っているせいか、身体の輪郭は微妙にぼやけている。二人の後ろに見える壁には、縦長のロッカーが上下二段重ねになって並び、そのうちの一つが半分ほど開いていた。無理やり詰め込まれたエナメルバッグの上から、制服のズボンの裾が垂れ下がっている。

運動部の部室で、教師と生徒が相対している。そういう構図だ。

そして、青いジャージの人物の正体は明らかだった。

御所ヶ谷毅。

仁の通っていた私立高校のサッカー部顧問として招聘され、時代錯誤の暴力的な指導で部員を虐げてきた教師だった。いつも同じ色のジャージを着ていたから、仁の同級生であれば一目で彼だとわかるはずだ。

『……ってるよな、いい加減に……ああ？　何で……なかった』

御所ヶ谷はサッカー部員らしき少年を詰問している。棚のすぐ前まで追い詰められ、至近距離から顧問の胴間声を浴びていた少年は、小さく呟いた。

『……うっせぇ』

その途端、御所ヶ谷は激高したように声を張り上げた。

『ああっ？　てめえ、自分が……ったか、わかってんのか？』

狭い室内に声が反響しているせいか聞き取るのは難しかったが、教師の発言としては汚すぎる言葉を連ねながら、御所ヶ谷は少年の腹を殴りつけた。

一発、二発、三発――

やがて少年はうつむきながら斜めに崩れ落ちて、フレームの外に消えた。

だが、御所ヶ谷の執拗な攻撃は止まらなかった。少年が倒れているであろう場所に向かって足を振り上げる。何度も、何度も。そのたびに肉を叩く鈍い音が響いて——

映像はそこで終わった。

仁はディスプレイから顔を離し、眉間を指で揉みほぐす。

一分九秒の短い動画をかれこれ二十回以上繰り返し観たものの、フェイクだという確実な証拠はいまだに見つかっていない。

確かに疑わしい点はあった。障害物や撮影範囲のせいで二人の顔が一切映っていないことだ。少年が倒れるときでさえ顔だけはフレームから外れていた。しかし、明らかに不自然、と拓郎が言い切ったほどの判断材料ではなかった。

——自力で突き止めるのは諦めて、拓郎に教えてもらうか。

ふと弱気な考えが浮かんだが、仁は首を振って打ち消した。拓郎には知られたくない。これは自分一人で解決しなくてはならない問題だ。

あのニュースを見つけたのは日曜日だった。〈観測者〉事件の続報が出ていないかとニュースサイトを巡っていると、見覚えのある名前が目に飛び込んできたのだ。

『四十代男性の遺体発見　東京都S区』

十日午前九時ごろ、S区の民家で無職の男性、御所ヶ谷毅さん（42）の遺体が見つかった。S署によると、「異臭がする」と周辺住民から通報があり、駆けつけた署員が御所ヶ谷さんの遺体を発見した。遺体は死後数日を経過しており、著しい損壊があった。警察は殺人事件として捜査を進めている。

御所ヶ谷の事件についてこれ以上の報道はされていないが、ネットでは御所ヶ谷も〈観測者〉の被害者だったのではないか、という噂が流れていた。どうやら御所ヶ谷はクォーカではちょっとした有名人だったらしい。世相を皮肉った攻撃的な投稿が特徴的で、たびたび炎上騒ぎを起こしていたようだ。Vチューバーの新星である〈姪浜メイノ〉に続き、有名なクォーカユーザーが殺害されたことで、〈観測者〉による犯行予告が現実味を帯びてきたということだろう。

御所ヶ谷のアカウントである〈九九式〉の投稿は、まるで目立ちたがり屋の中学生のようで、四十二歳にしては幼稚な代物だった。その上、ニュース記事は被害者が無職だったことまで暴いていた。こうなると、高校を放逐されてからの御所ヶ谷の十年間を想像せずにはいられない。教師には戻れず、再就職も叶わず、自暴自棄になってインターネットに暴言を吐き続けるのが生きがいになった、彼の人生の末路を。

御所ヶ谷が殺された理由はわからないが、〈九九式〉として多くの敵を作ったことが原因だとすれば、例の動画を投稿して彼を破滅させた仁にも責任の一端がある。

だからこそ、確かめなければならない。

あの動画は本物だったのか。それとも、捏造《ねつぞう》されたフェイクだったのか。

御所ヶ谷の末路は因果応報だったのか。それとも――

仁はスマートフォンからメッセージアプリのリンネを立ち上げ、フレンドリストから元サッカー部の同級生の名前を探した。やがて、目当ての名前を見つける。

『リュージ』

リンネでは他のSNSと同じくアカウント名を自由に設定できるが、主に現実世界の知人との連絡に使うツールなので、普通は混乱を避けるため、本名をそのままアカウント名にする。堂々と『リュージ』などと名付けてしまえるのは、周囲が自分の存在を覚えているという自信があるからだろう。

二年で部長を務めた荒戸《あらと》龍治《りゅうじ》は、部やクラスの垣根を越えた顔の広さと、面白そうなことに首を突っ込む好奇心の強さを持ち合わせていた。動画の件を相談すれば、きっと興味を持ってくれるはずだ。

それに、相談の相手に荒戸を選んだのにはもう一つ理由がある。

彼は動画の中で虐げられていた少年――赤坂と親しかったのだ。

観測者

今回の「装置」はランドセルに似ていた。

金属の箱から三本のベルトが生えていて、ゲーミングチェアに座った男の両肩と腰回りを締めつけている。手足はもちろんガムテープで縛り、口も塞いでいた。

「こっちを見ろ」

恨めしそうにこちらを見上げる男にカメラを向け、シャッターを切る。

スマートフォンをポケットに仕舞い、代わりにカッターナイフを取り出すと、男が急に唸《うな》り始めた。いやいやをする幼児のように首を激しく振る。

「早合点するんじゃない。大人しくしろ」

猟は男の右手を縛《いまし》めていたガムテープを切った。

「さて、おまえにチャンスをやる。今からクォーカに一つだけテキストを投稿するんだ。何を書き込んでも構わない。助けを求めるのも、遺書を遺すのも自由だ。勝手にすればいい」

自分のスマートフォンを渡された男は、啞然とした顔をしていた。

「当然、それ以外の行動をしたら、さっきのスタンガンで制裁を与える。今から五分以内に投稿を済ませなくても同様だ。時間稼ぎは許さない」

ただ、と猟は付け加える。

「おまえの余命はこの投稿で決まる。慎重に考えるんだな」

必死に頭を巡らせているのか、男の額には玉のような汗が滲んでいる。

猟はその様子を眺めつつ、男が以前クォーカに投稿した文章を思い出していた。

とある芸能人が人種差別的な投稿をして炎上するという出来事があった。その芸能人は、後に「不正アクセスでアカウントが乗っ取られていた」と抗弁したのだが、その状況に対して男は冷笑気味にこう述べたのだ。

『クォーカの呟《つぶや》きはゴミと同じ。ゴミをゴミだという奴らの言葉もゴミじゃないと言い訳する奴らの言葉も等しくゴミでしかない』

また、それに関連してこんな投稿も残している。

『人の話を信じないくせに自分の話を信じてほしい奴らって虫が良すぎるよな。俺はネットの情報を基本嘘だと思ってるから俺の言葉も信じなくて別にいい』

自らの投稿もまたゴミだと認める潔さ、自分の言葉を信用しなくて構わないというドライな姿勢に、猟は共感するものを覚えた。

当然、彼の「削除」を止めるつもりはないが、人生最後の投稿にどのような言葉を選ぶのかという興味はあった。客観的で冷静な視点を持った彼なら、この状況における最適解を見つけ出せるのではないか、と。

四分が過ぎたころ、男は震える手でテキストを投稿した。

『【拡散希望】助けてください。知らない男に殺されそうになっています。私の本名は御所ヶ谷毅、住所は東京都S区——これを見た人は今すぐ110番通報をお願いします。悪戯ではありません。お願いですから信じてください。お願いします』


文面から必死さが滲み出てくるような投稿に、軽い失望を覚える。

思わず小さく呟くと、男はぎょっとしたように顔を上げた。

「駄目だな」

——おまえが打ったのは最悪手だ。

そう続けようとしたところで、冷たい声が頭蓋骨を震わせた。

『撤収の時間だよ』

眼鏡に内蔵された骨伝導イヤホンから響く鬼界の声に、「ああ」と一言で応じると、男の手からスマートフォンをむしり取り、再びガムテープを巻きつけた。

然るべき時が来たら、男の背負った箱から高速回転する丸ノコが突き出し、男の内臓をミキサーのように掻き混ぜることになっていたが、それを見届ける必要はなかった。

恐怖を訴える男の呻き声を聞きながら部屋を出た。

『投稿を見た誰かが、彼を助けると思うかい？』

鬼界の問いに、猟は吐き捨てた。

「助けるわけないだろ」

インターネットの情報が基本的に嘘だと言ったのは、あの男なのだから。

追跡者

唯は改札から吐き出される人の群れを眺めていた。

地方の一大ターミナル駅であり、オフィスや商業施設が集積するH駅一帯は、平日の昼間であっても人通りが絶えない。邪魔にならないよう壁際に立っていても、人の流れを滞らせていることに引け目を感じるほどだ。

陽子は人混みが嫌いだったが、唯はどちらかというと好きだった。顔も名前もわからない人々の中にいると、自分という存在が巨大な流れの中に溶け込んでいるような、妙な安心感を覚えるのだった。

しかし今は、見知らぬ人々の顔が目に入るたびに恐ろしい想像が頭をよぎる。

——今週、あの中の誰かが殺されるかもしれない。

観測者　@the_observer　20XX/07/08 17:00
『以下の条件を満たすアカウント保有者を無作為に削除する。
1：日本国内在住であること。
2：フォロワー数が100人以上であること。
3：削除日の午前0時の時点で1および2を満たすこと。

削除は週に一度、無作為に選ばれた日時に実行される。
姫浜メイノ（@meinomeino）は前の条件を満たしていたために、２０ＸＸ年7月1日午後2時27分に削除された。添付の写真は削除前に撮影されたものである』

先週クォーカに投稿された犯行予告は、当初は悪趣味な冗談として受け取られた。陽子の顔写真はすでにネットに流出していたが、添付された写真が本物であるという証拠がなかったからだ。謎の犯行声明はひとしきり話題になった後、誰かが通報したらしく運営に削除された。

雲行きが変わったのはつい昨夜のことだ。

七月八日の金曜日、東京在住の御所ヶ谷という四十代の男性が何者かに殺害されたという。御所ヶ谷はクォーカに〈九九式〉というアカウントを持っていて、死の直前に助けを求めるテキストを投稿していた。結局、死体が発見されたのは日曜日だったが、知人のリークによって御所ヶ谷が〈九九式〉本人だと明らかになり、先日の犯行声明がにわかに現実味を帯びてきたという次第だ。

とはいえクォーカユーザーの多くは、いまだにこの状況を面白がっているように見える。あえてフォロワー数を百人以上に増やそうと試みたり、次に殺されるユーザーを推理したり、反クォーカ派の陰謀だと力説したり。

彼らはきっと、自分が殺されるとは微塵《みじん》も考えていないのだろう。唯にしても、もし殺されたのが陽子ではなかったら、この不謹慎なイベントを一緒になって楽しんでいたかもしれない。

「今津さん」

呼ばれて横を向くと、月浦一真が立っていた。今日も相変わらず古びたTシャツによれたジーンズだ。あまりお金がないのだろうかと心配になる。

自分の身体に向けられた視線に気づいたのか、一真は訝《いぶか》しげに訊《き》いた。

「どうかしたか？」

「あの……服が前と同じだと思って」

「ああ、金がないんだ」

図星だった。

「そういえば、妹さんは来ないんですか？」

「今日は呼ばなかった。先方からも人数は絞るように言われてる。それに、あいつは極度の人見知りだからな」

思い返せば、紫音とは事件以来リンネでしか会話をしていない。すると、事件の日にいきなり唯に話しかけてきたのは例外的な行為だったのか。ますます紫音という人間がわからなくなる。

駅の構内を並んで歩き出したところで、一真が小声で訊いてきた。

「例の犯行声明は見た？」

「はい。週に一人、殺すっていう……」

「もし犯人が本気であの声明を実行するつもりだったら、〈OnlyNow〉のアカウントはどうするんだ？　余裕で条件を満たしてたと思うが」

〈OnlyNow〉のフォロワー数は約三万人。フォロワー百人以上のユーザーを殺害するという予告を真に受けるなら、今すぐアカウントを削除するべきだ。殺害対象はあくまでアカウント保有者なので、それを手放せば条件から外れる。

しかし、唯はそんな脅しに屈するつもりはなかった。

「私は消しません。それに、誰も削除したりはしないと思いますよ。フォロワー百人以上っていうのは条件が広すぎて、危機感を覚えるほどじゃないというか」

そういうものか、と一真は知らない国の慣習を耳にしたように応じた。

「俺はたいして使ってないからよくわからないんだが、クォーカに載せてる情報だけで個人を特定できるものなのか？」

「芸能人とかを別にしても、本名や顔写真を堂々と載せてるアカウントは結構ありますね。最近は個人情報を載せるのにそれほど気を遣わない人が増えてる気がします。それでも大多数のアカウントは匿名だから、特定は難しいと思います」

「すると犯人は、個人を特定できるアカウントしか狙えないことになるが……」

「御所ヶ谷って人は知りませんけど、少なくとも陽子は、絶対に個人情報をネットに載せませんでした。特定されないようにかなり気を遣ってたから、ネット経由で陽子にたどり着くなんて無理です」

正確には中学生のときに一度だけ動画で顔出しをしているが、あのときはマスクをしていたし、四年も経てば風貌も変わっている。第一、とっくの昔に動画は削除されているから、そこから特定したとも考えにくい。

「〈九九式〉――御所ヶ谷毅と姪浜さんに繋がりがあったりしないか？」

「聞いたこともないです。住んでるところもだいぶ遠いですし」

「そうか……警察なら何か知ってるかもしれないな」

ふと視線を上げたとき、ビルの壁面の大きな広告が目に飛び込んできた。重なり合った三つの青い円。思わず目を逸らす。

駅の建物を出て細い通りに入っていくと、路肩に黒のミニバンが停まっていた。一真が運転席側のドアをノックすると、サイドウィンドウが細く開いて、落ち着きのある低めの声が聞こえてきた。

「後ろに乗って。コーヒーでも飲みに行こう」

F県警の青木《あおき》、と刑事は名乗って警察手帳を広げてみせた。

「本物だ……」

とっさにそう反応したものの、唯は実物の手帳がどんなものかを知らない。捜査一課に所属している、と言われてもぴんと来ない。とはいえ、青木の柔和でありながら鋭さを備えた眼差し、一流のビジネスマンを思わせるスマートな立ち振る舞いは、唯の中にあるおぼろげな「刑事」のイメージを一新させた。眼鏡さえも細くてスマートな印象だ。甘い香りのする香水をつけているのはちょっと意外だったが。

「前に事情聴取を受けたときの刑事さんとは、その、色々と違いますね」

「そうかな？　君を担当したのは周船寺《すせんじ》か下山門《しもやまと》か。まあ、彼らのほうが主流だよ。なんせ刑事は肉体労働だ」

そのとき、店主らしき白髪の老人がアイスコーヒーを運んできた。

H駅から少し離れた裏通りにある、隠れ家的な喫茶店。店内は外観から想像していたより広いが、客は唯たち三人しかいない。

店主がカウンターのほうに去ってから、唯は小声で訊いた。

「警察は鬼界を放置してるって聞きました。それなのに、どうして青木さんは協力してくれるんですか？」

「去年、事情聴取で月浦くんの話を聞いてから、私が個人的に鬼界を危険視して、独断で動いてるんだ。捜査情報を一般人に流すなんて懲戒ものだから、こういう密談に向いた店で話すしかないんだけどね」

青木はアイスコーヒーで喉を潤し、さて、と一真のほうを向いて切り出した。

「まずは、月浦くんが知りたがっていた情報について話そうか。つまり、この事件に鬼界が関わっているかどうか。結論から言えば、不明だ」

「不明……」

「そもそも鬼界の正体がまるでつかめていないんだから仕方がない。鬼界が主体的に、あるいは間接的に殺害に関与していたとしても、今のところその証拠は見つかっていないわけだ。まったく無関係のシリアルキラーという線もある」

「犯行声明の出処はわかってるんですか？」

「あれを投稿したのは不正アクセスで乗っ取られたアカウントだった。海外のサーバを経由しているから特定が難しい。付け加えておくと、例のアカウント名は乗っ取られた後に変更されたものだ」

冷たく無機質な雰囲気を漂わせたアカウント名を思い出す。なぜそんな名前を自称するのか見当もつかなかった。

「そんなわけで、まだ不明な点は多いけれど、一つ確かなことがある。これは連続殺人だ。殺害方法の観点から見ると、二件の殺人は非常に似通っている。姪浜陽子と御所ヶ谷毅を殺したのは間違いなく同一犯だ」

青木は鞄からクリアファイルを取り出し、二枚の写真をテーブルの上に置く。

そこに写っているものの正体を理解したとき、すっと血の気が引いた。

一枚目は、ブルーシートの上に置かれた金属の箱。ランドセルのような黒革のベルトが三本伸びている。背中に当たる部分からは円形のノコギリの刃が飛び出し、どろどろとした赤や白の物体がこびりついている。

二枚目は、同じくブルーシートの上に置かれた平たい金属の箱。中央に開いた穴から螺旋状の軸と二枚の刃が覗き、全体に赤黒い液体が生々しく飛び散っていた。

——陽子の首を切り落とした、あの機械だ。

ごとん。

カウンターのほうから聞こえた物音が、記憶の中の音と重なった。ごとん。陽子の膝から落ちて、ごろりと転がる頭部。乱れた赤い髪。虚ろな眼——

「今津さん！」

はっと我に返ったときには、一真に肩を抱かれていた。上半身が椅子の上で大きく傾いでいるのに気づく。気を失って倒れかけていたらしい。

「大丈夫？」

「……はい、ごめんなさい」

恥ずかしくて、悔しくて、顔が熱くなった。

一真は唯から身体を離すと、写真を隠すように重ねて青木に返した。

「この手のものを見せるときは、一言断りを入れてもらえますか。俺たちは一般人です。こういうものは見慣れてない」

「すまなかった。……こっちなら大丈夫だろう」

と、青木は一枚のA４サイズの紙を差し出した。

唯はおそるおそる紙を覗き込む。ネジの写真や何かの拡大図の横に、細かい文字や数字が並んでいる。何かの解析データのようだ。

「さっき見てもらった写真は、それぞれの現場で殺害に使われた機械装置だ。どちらも犯人の自作だと思われる。装置に使われていたボルトの型式は共通で、科学鑑定の結果、同じ工具を使って締結されていることがわかった」

「それで同一犯だと判断したわけですか」と一真。

「証拠は他にもある。二人の身体には首や胸に複数の小さな火傷があった。改造された強力なスタンガンが使われたようだ。映画のようにスタンガンで気絶することはまずないが、強い衝撃と痛みで抵抗力を奪うことはできる」

人をモノのように扱う犯人の冷酷さに悪寒がした。

「それに、二人とも殺害の直前、クォーカにテキストを投稿してるんだ。どちらも自分が殺されることを予期したような内容だから、犯人が投稿させた、あるいは投稿する許可を与えたということだろう」

「犯人は御所ヶ谷がクォーカで助けを求めるのを許したんですか？」

「そうなるね。犯人側に何のメリットもない行為だ。投稿を真に受けた誰かが通報するリスクもある。でも、犯人がクォーカユーザーをターゲットにしていることを考えれば、自らの思想に基づいた示威行為かもしれない。見せしめの一種だ」

――オンちゃんと配信やりたかったな。

あの言葉はきっと、陽子自身の言葉だ。唯は確信する。

今まさに命を奪われようとしているときに、他者を想って言葉を遣う。陽子ならそれができるだろう。彼女は呆れるほどに強い人だったから。

青木は優しげな目つきで唯を見た。

「ここまでの話を聞いて、君はどう思った？」

「……許せない、って思いました。陽子はやり残したことがたくさんあったはずなんです。モーションキャプチャを買ったばかりで、踊りたい曲がいっぱいあるって話してたのに――どうして、陽子だったんですか？」

　喋りながらつい涙腺が緩みそうになる。青木は沈痛な表情を浮かべた。

「残念ながら、姪浜さんが狙われた理由は判明していない。クォーカの過去の投稿を遡っても、彼女の住所や本名に繋がる情報は見つからなかった。U-Tubeや他のＳＮＳにおいても同様だ。なかなかセキュリティ意識が高い子だね」

「陽子は昔、一度だけ動画に顔を出したことがあったんですけど、そのときのネットの反応が嫌だったみたいで、それ以来は特定されないようにかなり気をつけてました。……まあ、それ以外のセキュリティはルーズだったんですけどね。暗証番号とかを私に教えてましたし」

「君はとても信用されていたんだね」

　青木は感じ入ったように頷いて、

「しかし、インターネット経由で姪浜さんにたどり着けないとなると、彼女の身近な人物から情報を得たということになる。または、身近な人物こそが犯人というわけだ」

　身近な人物、という言葉に動揺しながら唯は言った。

「陽子が〈眩暈メイ〉や〈姪浜メイノ〉だと知ってるのはほんの一握りです。学校でも隠してましたし、住所まで知ってる人となると、ロクロさん――」

と、〈696〉の名前を言いかけて慌てて口をつぐむ。まさか、あの虫も殺せないような人が犯人であるわけがない。

　青木はこちらの心中を見透かしたように微笑んだ。

「君の言うロクロさんにはアリバイがある。事件の前日から東京にいて、死亡推定時刻は新幹線で移動中だったことが確認された。少なくとも実行犯じゃない」

　ほっと胸を撫で下ろしかけて、青木の言葉に引っかかりを覚えた。

「少なくとも、ってことは――」

「もちろん、共犯者の疑いはある。それは君も同じだよ、今津唯さん。君には確かなアリバイがあるけど、犯人に姪浜さんの情報を提供することはできたはずだ。彼女と最も親しく、マンションの合鍵を持っている君なら、侵入の手引きをするのも容易い。それに、君自身が犯人という可能性もある」

　思わず頭に血が上ったが、怒りを押し殺して応える。

「……そんなこと、できるわけがないじゃないですか」

「私としても信じがたいけれど、現実的には可能なんだ。今、犯行に使われた装置の解析が進んでいて、どうやら外部からの無線信号の入力によって起動することがわかった。なぜそんな手間のかかる仕組みを作ったのか。それに合理的な理由を求めるなら、アリバイ工作と考えるのが妥当じゃないか？　被害者に装置をセットして立ち去り、アリバイを作ってから装置を起動する。だとしたら君にも犯行が可能だ」

青木は眼鏡のレンズ越しに探るような目を向けた。

「君には動機があったんじゃないか。〈姪浜メイノ〉となってからの姪浜さんの活躍は目覚ましいものがあった。その活動を陰で支えていた君が、彼女の躍進ぶりを素直に喜んでいたとは私には思えないんだ。……姪浜さんのスマホに君とのやり取りが残っていた。事件の少し前、姪浜さんは君と喧嘩していたね。何か原因があったのかな？」

頭の中が真っ白になって、唯は絶句した。

あの日の陽子の苦しげな声が耳に蘇る。

――よく考えたらさ、こんな関係おかしいって。もうやめてくれない？

どうしてそんなひどいことを言うのだろう。私は彼女の助けになりたくて、彼女もそれを望んでいるはずなのに。私は、私の好きな彼女の声を、歌を、魅力を、より多くの人々に届けたいだけなのに――

「いい加減にしてください、青木さん」

と、一真はグラスの底でテーブルを叩いた。

「取り調べなら署でやればいいでしょう。ここは情報交換の場です。それに、もし今津さんが犯人もしくは共犯者だとしたら、殺害の直前に現場に行くわけがない。せっかくのアリバイを破綻させかねませんから」

「確かに、君の言う通りだ」青木は悪びれもせず認める。「ただ、これだけは理解してもらいたい。犯人の行動は明らかに異常だ。我々の常識に照らして考えると足元をすくわれかねない。疑わしいものを疑うだけでは足りず、疑う必要のないものまで疑わざるを得ないんだ。――鬼界は、そういう存在なんじゃないか？」

　ええ、と一真は頷いた。

「この件に鬼界が関わってるなら、犯人のあらゆる行動に意味があるはずです。自分の言葉と行動はすべて他者への制御入力だと言い張る奴ですから」

　青木さん、と唯は口を開いた。

「私を疑うのは別にいいです。でも、私がここにいるのは陽子を殺した犯人を突き止めたいからです。信じてほしいとは言えませんけど、私に言えるのはそれだけです」

「ああ、とりあえず今は信じるよ。それに、姪浜陽子の事件に関しては顔見知りの犯行じゃないという説が有力だからね」

「そうなんですか？」

「事件の前、姪浜さんは一通のメールを受け取っているんだ。発信元はとあるソフトウェアメーカーで、新製品のサンプルを無償で提供するという内容だった。彼女が使っている３ＤＣＧソフトの販売元だったから疑わなかったのかもしれないが、実際はメーカーを偽った何者かによって送信されていた。メールによれば、サンプルの配達予定日は事件当日。犯人が偽のメールを送り、配送業者を装ってマンションに侵入したのだとしたら、犯人は姪浜さんとは面識のない人物ということになる。もっとも、私はそのメール自体が顔見知りによる偽装ではないかと疑っているけどね」

配送業者。その言葉が忘れ去られていた些細な記憶を呼び覚ました。

「フォトン通運──」

最後に陽子のマンションを訪れたとき、エントランスですれ違った男。運送会社の制服を着た彼は、なぜか唯に意味深な視線を向けてきた。

唯がそのときの状況を説明すると、一真は表情を険しくして言った。

「怪しいな。どう考えても、そいつはまともな業者じゃない。──君はドアを開けるまで男の存在に気づかなかったんだろ。そしてすれ違った後、男はマンションの中に入っていった」

「はい。でも、それがどうかしましたか？」

「普通の業者なら、配送先の住民にオートロックの解除を頼む。ドアの反対側からその声が聞こえなかったなら、男は呼び鈴を鳴らしてないということだ。それなのに、君がドアを開けたのに乗じてマンションに入っていった。普通の配送業者がインターホンを無視していきなり玄関先に向かうわけがない」

言われてみると確かに、男の行動は常軌を逸している。

「そいつはおそらく、犯行の下見に来た犯人だ。マンションに侵入しようとして、住民の誰かがオートロックを開けるのを待っていたんだろう」

「偶然にしてはできすぎじゃないかな」と青木が疑念を呈する。「今津さんが男を見たのは事件の前の週だ。その日、たまたまマンションを訪れた彼女が、たまたま下見に来た犯人にばったり遭遇するというのは考えにくい」

「偶然ではなく、必然だとしたらどうですか」

「必然？」

そこで一真は唯に顔を向けた。「姪浜さんのマンションは、建物の外から各部屋のドアが見える？」

「はい、見えますけど……」

やっぱりか、と一真は納得したように頷いて、

「犯人は姪浜さんの部屋を建物の外から監視していたんです。部屋から誰かが出てきたらエントランスに移動して、オートロックのドアの前で待ち伏せしていた。そうやって姪浜さんが住んでいることを確認するつもりだったんでしょう」

「……犯人は、陽子の顔を知ってたってことですか？」

「それはわからないが、どちらにしても声は知っていたはずだ。彼女の音声データはネット上に大量に存在する」

――こんにちは。

男の陰気な声を思い出す。彼は挨拶をされたら反射的に返事をするという人間の習性を悪用し、唯が〈姪浜メイノ〉なのかどうかを確かめようとしたのではないか。

「きっと、あの人は陽子の顔を知らなかったんだと思います。だから部屋から出てきた私を陽子かもしれないと思って、声を確認したんです。人違いだったら後々怪しまれるかもしれないのに」

つまり、と青木は総括する。

「犯人は姪浜さんの顔を知らなかったけれど、住んでいるマンションと部屋の番号は知っていた。さらに、彼女が〈姪浜メイノ〉であることも突き止めていた」

「理屈に合わないな」と一真はぼやく。「姪浜さんの正体を知っている人は当然、彼女の容姿も知っているはずだ。特に彼女には、髪が赤いという目立つ特徴がある。もし犯人が姪浜さんをよく知る人物から情報提供を受けていたとして、その情報だけが抜け落ちるのはあり得ない」

「こう考えることもできるよ。犯人は姪浜陽子とは縁もゆかりもない人物だけど、ひょんなことから〈姪浜メイノ〉の個人情報を手に入れた、と」

「どういう意味ですか？」

一真が訊くと、青木は声を潜めて説明した。

「実は、クォーカにある種の脆弱性《ぜいじゃくせい》があるという噂がある。特殊なソフトウェアを使えば、任意のユーザーのデバイスから個人情報を抜き取れるというんだ。Ｑオブザーバー、とか言ったかな」

「そんなこと、本当にできるんですか？」

「さあ、私は詳しくないからね。とにかく、犯人がその手のツールで姪浜さんや御所ヶ谷氏の住所を入手していたとしたら、あんなふうに名乗るのも頷けると思わないか」

犯行声明を出したアカウントの名前を、唯は戦慄《せんりつ》とともに思い出していた。

「〈観測者〉――」

それは恐ろしい想像だった。ユーザーを無差別に殺していくと宣言した犯人が、全アカウントの個人情報を「観測」できるとしたら――

「匿名の盾で身を守っていた人々が、それを貫く矛の存在を知ったとき、いったい何が起こるんだろうね」

青木は自問するように呟いて、手首の内側にちらりと目をやった。

「さて、私はそろそろ署に戻るけど、最後にデザートでも食べないか？」

デザートを固辞して店を出た後は、青木に駅まで送ってもらった。二人はしばらく無言で歩いていたが、改札の前に差しかかったとき、唯は沈黙を破った。

「月浦さん、男性の服ってどのくらいかかるんですか？」

すると、一真は戸惑いつつも金額を口にした。桁が一つ少ないような気がしたが、そんなものかもしれない。

「それならこれで足りますね」

唯はトートバッグから財布を出し、数枚の紙幣を一真に差し出した。

「どうぞ、服代です。返さなくて大丈夫ですから」

しかし、一真はそれを受け取ろうとはせず、困惑したような顔で立ち尽くしている。

唯は引き下がらなかった。

「お金がなくて服が買えないって言ってましたよね。陽子のことで協力してもらってるので、少してもお返しがしたいんです。どうぞ受け取ってください」

「ちょっと待ってくれ、今津さん」一真は言葉を選ぶようにして言った。「その……俺の感覚では、そういうのはかなり変だと思う。だから悪いが、受け取れない」

——こんな関係おかしいって。

記憶の中の声を振り払おうとして、唯は言い返した。

「どうしてですか？　月浦さんは新しい服が欲しくて、私はお金を払ってでも月浦さんに服を買ってほしい。私がお金を渡しても、誰も損をしないじゃないですか」

「いや……」と一真は視線を泳がせながら言った。「損をしないわけでもない」

「え？」

「もしその金を受け取ったら、服を買うという義務が発生するだろ。金によって行動が縛られるわけだ。それはある意味で行動の自由を奪われてるってことじゃないか。それに俺は貧乏性だから、どんな服を買うか迷っているうちに貰った金と同等のエネルギーを消費しかねない。……だからだ」

金によって自由が奪われる。

その理屈は奇妙なほどにすとんと腑に落ちた。なぜ今まで気づかなかったのだろう。自分が陽子を縛っていた可能性に。

不意に黙り込んでしまった唯を、一真は不思議そうな目で見た。

「どうかしたか？」

「何でもないです。確かに、自由を奪うのは良くないですね」

唯は笑ってごまかすと、紙幣を財布に仕舞った。

「それじゃ、本当に不可能なんですかね」

　昔のドラマから飛び出してきたような中年刑事が、黒革の手帳を片手に訊いた。彼の古風な佇《たたず》まいは、現代的で洗練されたクォーカのオフィスでは浮いていた。

「ええ、その通りです」

　丸テーブルの対面に座った相生は、突然オフィスを訪ねてきた二人組の刑事に向かって、社外用の完璧な笑顔を浮かべた。

「弊社が保存しているお客様の個人情報は、主にメールアドレスと電話番号、そしてＩＰアドレスです。電話番号は二段階認証に用いるもので、登録されていないお客様もいらっしゃいます」

「二段階……何？」中年刑事が眉を寄せる。

「二段階認証です。通常はメールアドレスとパスワードで認証を行うのですが、二段階認証ではそれに加えて電話番号によるＳＭＳでワンタイムパスワードを発行し、端末の認証を行います。セキュリティを強化できるので、アカウントの乗っ取りのような不正アクセスを防ぐことができます。ただ、事件の被害者の方々は電話番号を登録されていなかったという報告を受けております」

　理解させる気がないな、と仁は思う。三人が座っているテーブルはオフィスの片隅にあり、その様子は仁のデスクから丸見えだった。

「とにかく、万が一弊社のシステムに脆弱性があり、何者かが侵入を試みたとしても、個人を特定するような情報を得るのは不可能だということです。メールアドレスもＩＰアドレスも、個人の住所を突き止められるほどの情報ではありませんから」

「ＩＰアドレスってのは？」

「プロバイダを通さなければただの文字列です」

説明が適当になっている。

「ああ、一つ忘れていました。弊社ではお客様の位置情報も収集し、サービスに活用しています。ただし、情報提供の可否はお客様が任意に設定できます。被害者の方々は提供を許可されていませんでした」

中年刑事は低い唸り声を洩らし、頭髪の薄くなった頭を掻く。

「要するに、最近話題になってるあれ……Ｑなんとか、ってのは嘘なのか」

「Ｑオブザーバー、ですね」

中年刑事の部下らしき、三十代くらいの若い刑事が口を挟んだ。

「〈観測者〉がクォーカアカウントから個人を特定するのに使っているというソフトウェアです。我々の調べでは、Ｑオブザーバーの噂が広まったのは事件の少し前でした。誰か一人が言い出したというより、各所で同時多発的に囁《ささや》かれるようになった、という印象です。この件に関してはどう考えられていますか？」

「我々が確認したのはつい最近なので何とも言いかねますが、Ｑオブザーバーも〈観測者〉も、弊社とは一切関係がありません。それが我々の見解です」

Ｑオブザーバーの都市伝説は、クォーカ社にとっては頭痛の種だった。技術的に存在し得ないはずなのに、抜け穴があるはずだと指摘する者たちが続々現れて収拾がつかない。警察でさえ噂に惑わされる始末だ。

現時点で〈観測者〉の被害者と考えられているのは二人。新参Ｖチューバー〈姪浜メイノ〉と、炎上系アカウント〈九九式〉こと御所ヶ谷だ。どちらもクォーカでの知名度が高いことから、ネット上では一つの仮説が形成されつつあった。

――〈観測者〉は匿名の有名人を狙って殺している。

二人とも顔や本名が非公表だというのがその根拠だったが、インターネットの有名人というのはおおむね匿名であり、共通項としては決め手に欠ける。しかも、個人情報を隠しているというのは、殺そうにも本人を特定できないということでもある。

その矛盾を解決したのが、Ｑオブザーバーという魔法のソフトだった。

彼らはＱオブザーバーの実在を信じたい。もしそうでなかったら、〈観測者〉が神のごとき超越的な力を行使していることになるからだ。理解不能なものへの恐怖と、合理的解釈によって恐怖を解体しようとする人間心理が、Ｑオブザーバーというフィクションに力を与えていた。

若い刑事は質問を重ねる。

「では、あなた個人のご意見を伺いたいです。〈観測者〉はどうやってクォーカアカウントから被害者を特定したんでしょうか」

「考えられるとすれば、ターゲットの投稿から推測する方法です。投稿の内容や交友関係から地道に情報を拾っていくというものですが、今回のケースでは有効な方法とは言えません。社内で行った検証でも、〈姪浜メイノ〉と〈九九式〉のアカウントから個人を特定することはできませんでした」

検証には仁も含め、十人ほどの社員が参加した。過去に二人のアカウントが公開したすべての情報を総ざらいし、本名や住所に繋がるルートを血眼で探したが、あまりに手掛かりが少なく、数十時間に渡る格闘の末、特定は非常に難しいという結論に至った。〈姪浜メイノ〉は他の媒体でも活動しているし、ライブ配信で個人的な話をすることもあったかもしれない。一方、クォーカ以外に拠点を持たない〈九九式〉を特定するのは、どう考えても不可能だった。

「なので私としては、これは確率の問題だと考えています」

「確率？」

「現在、この国には数千万人のアカウント保有者がいて、万単位のフォロワーを持つユーザーもありふれています。無作為に選んだターゲットが、たまたま有名なクォーカユーザーだったとしても驚くにはあたりません。〈観測者〉はその偶然を利用して、自分の力の恐ろしさをアピールしているだけではないでしょうか」

仁は「観測者」のワード検索結果が流れ続けるブラウザ版クォーカに意識を戻す。

未歩　@miho0309　20XX/07/09 20:49
『起こるべくして起こったという印象。犯罪を助長するようじゃクォーカももう終わりかな。#観測者問題』

スティンガーE　@stinger_e　20XX/07/09 20:51
『観測者のこと観測しゃんって呼ぶ風潮、不謹慎とかそういうのじゃなくて単純に面白くないからカンソくんにしない？』

石城アキオ　@sekijo_akio　20XX/07/09 20:55
『ある情報筋からQ-Observerは実在すると聞いた。某国で開発されたものが日本にも流れており、個人でも比較的容易に入手できるという。Q-Observerが裏社会で流通していることを、クォーカ社と癒着したマスコミはひた隠しにしているのである』

つちみかどん　@tsuchimikadon　20XX/07/09 20:56
『フォロワー少なくて良かった（涙）　#観測しゃんに観測されない』

零千　@zero1000　20XX/07/09 20:59
『自分が観測者に殺されると騒いでいる人々は確率を理解していない。あるいは日本にクォーカユーザーが何千万人いるか調べるだけの能力がない』

「そろそろ声明を出すべきかもね。Qオブザーバーなんて存在しない、って」

相生のぼやく声がした。

ディスプレイから顔を上げると、相生がいつの間にかデスクの横に立っていた。刑事二人は見当たらないので、もう帰ったのだろう。

「それで収まるとは思えませんが」

「そうかもね。Qオブザーバーの話は、噂じゃなくてデマだから」

「どう違うんですか？」

「噂には悪意がないけど、デマには悪意がある。悪意を込めた情報はよく広がるし、なかなか鎮火しない。だから早期発見が重要なの。そういうわけで、頑張ってね」

「……はい」

サポートセンターからの依頼により、仁の業務にはクォーカの監視が加わっていた。〈観測者〉やQオブザーバーに関するデマの拡散を食い止めるため、投稿の削除やアカウントの凍結を行う。これらの単語を含む投稿が急増し、ＡＩでは判断できない事例が増えてきたため、急遽人手が必要になったのだ。

工場のラインのように流れてくる投稿を読み続けるのは、予想より精神を疲弊させる作業だった。人の悪意を判定するデバリングシステムが完成していれば、と思わずにはいられない。

弱った胃にエナジードリンクを流し込み、頬を叩いて活を入れると、仁はディスプレイに視線を戻した。新しい投稿が続々と表示されていた。

石城アキオ　@sekijo_akio　20XX/07/09 21:02
『@zero1000 デマだと言われるのは心外です。あなたこそ先入観に囚われて本質が見えていないのではないでしょうか。観測者にまつわる陰謀に関しては私のブログで詳しく解説していますのでぜひご覧ください。以下URLです』

ワンクリックで〈石城アキオ〉のアカウントを凍結し、次の投稿に視線を移す。

4音　@ncbomber　20XX/07/09 21:03
『最近出回ってる観測者の犯行動画、あれフェイクだから拡散しないよう気をつけて。よく見たら輪郭の処理が甘いのがわかるから』

フェイクという単語にぎくりとした。
先週の土曜日、元サッカー部の荒戸と焼肉屋で会ったときのことを思い出す。

＊

高校二年生の春、御所ヶ谷はS高校男子サッカー部の顧問の任についた。

表ではまっとうな体育教師を演じていた御所ヶ谷だったが、部活の場では豹変した。罵倒や恫喝はもちろん、殴る蹴るも辞さない暴力的な指導に恐れをなし、何人もの部員が退部を望んだが、他の部員たちは必死にそれを引き留めた。誰かが退部したら部員全員にペナルティを与えると御所ヶ谷が公言していたからだ。

御所ヶ谷が恐ろしい指導を施すのは、主に能力が低くて反抗的な部員たちだった。

赤坂は中学からサッカー部で、身体能力は申し分なかったが、顧問の横暴にたびたび刃向かっていたことから目の敵にされ、あれこれ難癖をつけられて罰を受けることが多かった。

夏休みが明けた九月の初め、生徒たちのあいだである動画が出回った。

動画の中では、御所ヶ谷によく似た男が、サッカー部員だと思われる少年に激しい暴力を振るっていた。動画は主にリンネを使って生徒から生徒へ送られており、正確な出処は今となっても不明だが、動画の少年が赤坂であることは明らかだった。

生徒の誰かが動画をクォーカにアップロードし、世間の非難が集中すると、ようやく事態を知った学校側は対処に乗り出した。御所ヶ谷の姿は学校から消え、その件を教師や後任の顧問が話題にすることもなかった——

「と、そんな流れだったな。十年前にしちゃよく覚えてるだろ？」

荒戸は脂の乗った肉をみっしりと網に並べつつ笑った。

相変わらず背が高く、ラグビー選手のようにごつごつした体格をしている。建設会社に就職し、施工管理の仕事をしている彼は、現場に出る機会が多いらしく肌が小麦色に焼けていた。

「荒戸は、あの動画はフェイクだと思う？」

前置きに我慢できなくなって仁が訊くと、荒戸はもったいぶるように応えた。

「そうとも言えるし、そうではないとも言えるな」

「どっち？」

「まあ聞けよ。おまえに例の動画を送ってもらって、久々に見返してみてわかったのは、あの動画には明らかに加工の痕跡があるってことだ。途中で赤坂が喋るシーンがあるだろ。うっせえ、って。あの部分だけ背景のノイズが小さくなってたんだ。別に録音した声を合成した証拠だ。音量を上げてじっくり聞かないと気づかないくらいの差だったが」

胸のうちに失望が広がっていく。やはり、あれはフェイクだったのだ。

「ノイズの違いなんて、よく気づいたね」

「赤坂の声は聞き慣れてたからな。特に、うっせえ、はあいつの口癖だったし。それともう一つ、あの動画には変なところがある。制服に校章が入ってないんだ」

「校章……」

そういえば、制服のシャツには左胸に緑色の校章が刺繍されていたはずだ。

スマートフォンを取り出して動画を確認する。ピントが合っていないのでわかりづらいが、少年のシャツには刺繍がないように見えた。

「学校指定のシャツを着ない奴もいたが、どちらかといえば少数派だった。少なくともサッカー部には一人もいなかった。つまり――」

「動画の中の赤坂は、赤坂じゃない？」

「とも言い切れねえんだよな。動画に映ってたのは間違いなくサッカー部の部室だし、赤坂の後ろにあるロッカーは、俺のロッカーだった」

仁は動画に視線を戻す。赤坂の背後にある半開きのロッカーからは、エナメルバッグと制服のズボンが覗いていた。

「だからこそ不思議なんだ。あのとき俺は部長だったから、御所ヶ谷を除けば、部室の鍵を管理してたのも俺だけだ。もちろん部室に入るのは一番最初だし、部員が着替え終わるのを待って鍵をかけてたから、部室を出るのも一番最後だ。でも俺は、あんな動画を撮ってるところを一度も見たことがねえんだよ」

「誰かに鍵を貸したこともない？」

「ああ。ロッカーには制服が入ってたから、部活中に撮ったんだろうが、部室が施錠されてる以上、部室の鍵を開けたのは御所ヶ谷だ。そうなると、これはフェイク動画でも何でもなくて、御所ヶ谷が部員を『指導』した証拠ってことになる。フェイクであるとも言えるし、フェイクでないとも言えるってのは、そういうわけだ」

荒戸に相談すればあっさり解決すると期待していたが、互いに矛盾する結論が導き出されて余計に謎が深まってしまった。どうやら一筋縄ではいかない話のようだ。

荒戸は焼いた肉を口に運び、豪快に白米を掻き込むと、質問を投げてきた。

「ところで、鳥飼は何であれがフェイクだと思ったんだ？」

「そういう話を同級生から聞いたんだ。それで、ちょっと気になって」

「誰から？」

畳みかけるような質問に少し身構えてしまう。

「……六本松から」

「あー、六本松拓郎か。赤坂の声が合成だったのもあいつなら気づけたかもな。文化祭のとき作曲とかしてただろ。耳がいいはずだ」

その言い方に違和感を覚えて、そうか、と気づいた。彼は知らないのだ。

「拓郎は今も作曲してるよ。プロの作曲者だから」

トングで肉を鷲摑みにしていた荒戸の手が止まる。

「――マジ？」

「ロクロって名前で活動してる。数字の〈６９６〉」

六本松の「６」、タクロウの「９６」から命名したもので、高校時代から使っている名前だ。

インターネット出身のクリエイターの名前は自由度が高すぎる、とつくづく思う。

その後は同級生たちの近況の話題が続いて、動画の話はそれきりになったが、宴もたけなわになったころ、赤ら顔の荒戸が遠い目をして呟いた。

「御所ヶ谷、今もどこかでひっそり顧問やってたりすんのかな」

仁は何も言わなかった。

観測者

『発信機を一メートル手前に』

骨伝導マイクを通して鬼界の声が響く。

フローリングの床には十センチくらいの立方体――鬼界が「発信機」と呼んでいる装置が置かれている。側面の一面だけが黒く、それ以外は白だ。

指示された通りに発信機を移動させてから、猟は確認を求めた。

「これでいいか?」

『黒い面を正確にターゲットに向けて置くんだ。そうしないと信号が届かない』

細かいことを言うなと不満を覚えつつ、発信機の向きを微調整する。

その先には椅子に拘束された、三十代半ばに見える女がいた。

女が被ったヘルメットは、後頭部から細い鉄パイプが突き出している。パイプの先端からはコードが伸び、ヘルメットの側面に固定された「受信機」に繋がっていた。

鬼界が猟に提供した殺害装置は、どれも手作りの発信機と受信機がセットになっていた。ターゲットの前に置かれた発信機から、殺害装置に接続された受信機へ、赤外線の形で起動命令が送信される方式だ。なぜ有線で繋がないのかは知らない。この装置を作ったのが鬼界なのかどうかもまた知らないし、興味もなかった。

それからは前回、前々回と同じ手続きだった。女の右手の拘束を外してから彼女自身のスマートフォンを渡し、クォーカにテキストを投稿するよう指示する。

「五分以内だ。時間稼ぎはするな」

女はのろのろと頷き、手元に視線を落とした。

吉塚亜梨実《よしづかありみ》。メインのアカウント名は〈あるみかん〉。

〈あるみかん〉は身の回りに起こった些細なエピソードを数ページの漫画にまとめ、定期的にクォーカに投稿しており、離婚したDV夫との日常を描いたシリーズは一部で好評を博していた。

コミカルな作風ながら、彼女の創作の根底にあるのは暴力への強い嫌悪だった。男性嫌悪と結びつけられて批判的に取り上げられることも多々あったが、〈あるみかん〉の漫画は女性や妻といった立場に依存することなく、公平な表現に徹しており、暴力という悪に対して正面から向き合っているように感じられた。

「あと一分」

猟の警告に押されるように女の指はようやく動き始め、短い一文を記した。

『さようなら、謙一《けんいち》。もう一度会いたかった』

――ふざけるな。

〈あるみかん〉の漫画にも登場した元DV夫の名前を目にして、黒々とした怒りが湧き上がってきた。喉の奥から言葉があふれ出してくる。

「おまえに一貫性はないのか？　表現者としての矜持《きょうじ》はないのか？　自分の言葉で自分の作品を否定するのか？　おまえの表現は、怒りは、その程度だったのか？」

　許せなかった。己の作品を殺そうとするこの女が。

「あの男が憎いなら死ぬまで憎め。そして死ぬ気で表現しろ。おまえが表現者として最後に表現できるこの瞬間に。あの男を愛しているなら、それを隠せ。振り上げた拳を下ろすな。おまえの言葉でおまえの作品を侮辱するな」

　言いたいことを言い切ってしまうと、冷静な思考が戻ってきた。

「同じ表現者のよしみだ。もう二分だけチャンスをやる。書き換えるかどうかは好きにしろ。どちらにしろ死ぬことに変わりはない」

　女は驚きに目を見開き、それから自分の書いた文章を全消去した。


『彼女に比べ、君のシステムは一貫しているね。非常にロバストだ』

　吉塚のマンションを出て路地裏を歩いている最中、眼鏡から鬼界の声が響いた。

「ロバスト？」

　堅牢《けんろう》、という意味だと鬼界は応えた。

『システムをロバスト化する方法は色々あるけれど、その一つにフェイルセーフというものがある。不確定要素をあらかじめ加味して、最悪の事態が起こっても事故に繋がらないように設計することだ。例えば、故障した信号機は必ず赤色になるように作られている。交差点の信号が一斉に壊れて、全部青色になったら危険だけど、全部赤だったら事故は起こらないからね。あと、旅客機にジェットエンジンが二基ついているのは、片方のエンジンが壊れても墜落しないようにするためだ。もしかすると、肺や腎臓が二つあるのもフェイルセーフの一種なのかもしれない』

「何の話だ」

『君のシステムが堅牢《ロバスト》なのは、君の精神が憎しみで満たされているからだ。冗長化された憎悪とでも呼ぼうか。そこに他の感情は入り込めない。入り込んだとしても、すぐに憎悪に置き換えられてしまう。『事故』を起こし得ないという点で、僕は君を信頼しているんだ』

「だったら、今日の俺の行動も想定内だったってことか？」

『さてね。——今、装置が起動したよ』

猟はタブレットを取り出して画面を確認した。冗談のようにシンプルなインターフェースに『COMPLETE』の文字が大きく表示されている。

パイプ内で炸裂した火薬により高速で射出された鉄球が、彼女の頭蓋骨を打ち砕き、その中をパチンコ玉のように跳ね回るのを想像した。破裂音も、骨を砕く音も聞こえない静かな路地裏で。

「あの装置にもフェイルセーフってやつが組み込まれてたのか？」

『そうだよ。どちらかというと精神的なものだけどね』

鬼界の言葉の意味はわからなかったが、〈あるみかん〉の最後の投稿が自然と思い出された。

二分間のロスタイムを使い切って記された言葉。

元夫に向けた彼女の憎悪は、きっと冗長化されていなかったのだろう。
――さようなら、謙一。地獄でまた会おうね。

追跡者

二限目の講義が終わり、昼休みになった。

いつもなら唯と一緒に食堂へ向かう友人たちは、そろいもそろって夏風邪でダウンしていた。唯が感染しなかったのは、犯人捜しの件で最近講義をサボり気味だったからかもしれない。

唯は仕方なく一人で食堂へ足を向けた。

食欲がないので冷やしうどんを注文し、トレイで運びながら席を探す。学生でごった返している食堂でも一人分の席なら割と空いている。手近な席にトレイを置いて、プラスチックの椅子に腰を下ろした。

箸を手に取ったとき、隣に座っているのが月浦紫音だと気づいた。げ、と思ってしまう。

表情の読みづらい紫音は苦手なタイプだが、別に嫌いではないし、兄の一真に引き合わせてくれたことには感謝している。仲良くしたほうがいいに決まっているのだが、なぜか唯は紫音を避けるように行動していた。その理由は自分でもわからない。

冷やしうどんを無心に啜《すす》っている紫音の隣で、唯はそそくさと食事を始めた。

皿を半分ほど空けたころ、紫音が急に話しかけてきた。

「このあいだは変なこと言って、ごめんなさい」

「変なこと？」

「鬼界のこととか。緊張してたから、つい……あれは忘れて」

こちらを見もしない紫音の横顔は、心なしか赤らんでいるようにも見えた。陽子の死に鬼界が関わってると言い出したのを後悔しているのだろうか。

だとしたら、ここではっきり否定しておかなくてはならない。

「そんなことはないよ。私は鬼界がいることを信じてる。お兄さんからも直接詳しい話を聞いたから。陽子の事件に鬼界が関わってるかはわからないみたいだけど、これからも月浦さんたちには協力するつもりだから、よろしくね」

すると、紫音はこちらを振り向いてじっと唯の顔を見つめた。居心地が悪い。

「今度はいつ会うの？」

紫音の問いに、唯は内心首を傾げた。兄妹で情報共有をしていないのだろうか。

「明日だよ。一緒に陽子のマンションに行く。月浦さんは行かないの？」

「……行かない」

それきり紫音は、空の皿に視線を戻して黙り込んだ。

気まずくなった唯は、残った麵を平らげ、トレイを持って席を立った。

唯が食堂を後にするまで紫音は動かなかった。その後ろ姿は一真が何かを考え込んでいるときによく似ていて、やっぱり兄妹なんだ、と当たり前のことを思った。

翌日。七月十六日、土曜日。

待ち合わせ場所にしていた駅の外では、土砂降りの雨が降っていた。

事件について思考を巡らせるのに忙しく、天気予報を確認することが頭から抜け落ちていた。家を出るときは降っていなかったので、傘を持たずに来てしまったのだ。

ガラス扉の向こうを呆然と見つめていたとき、背後から声をかけられた。

「今津さん、行こうか」

一真は今日も年季の入ったTシャツにジーンズを穿いていて、当然と言うべきか、濡れた傘を手に持っていた。

「ごめんなさい。傘を買ってくるので、ちょっと待っててください」

そう言って構内のコンビニに足を向けた唯を、一真が引き留めた。

「買わなくてもいいだろ。傘ならここにある」

そんなわけで、一真の傘に入れてもらうことになった。

傘は大きかったが、二人を完全に雨から守れるほどのスペースはない。一真の左半身は大きく濡れていた。唯が濡れないように気を遣っていることに気づいて、申し訳なさを覚えた。

「あの、私は全然傘を買っても良かったんですけど」

「午後から晴れるのに、今のためだけに傘を買うのはもったいなくないか？」

雨が降るたびにコンビニの傘を買っていたことを、これまで「もったいない」と認識していなかったことに気づいて、また気分が沈んだ。

「でも、私のせいで一真さんが濡れるのは、やっぱり申し訳ないです」

「だったら、今度俺が傘を忘れたときに入れてくれ。それで貸し借りはなしだ」

「あ……はい」

思わず頷いてから、頬が紅潮するのを感じた。男性と二人きりで傘に入っていることが今さら恥ずかしくなってきたのだ。

一真はこの状況をどう思っているのだろう。

ちらりと彼の横顔を窺ったが、垂れ下がった長髪に隠れてよく見えなかった。視線を戻すと、雨に煙ったマンションが道の先に現れた。


ドアを開けると、消毒剤の匂いが微かに漂ってきた。

唯は暗闇に手を伸ばして照明のスイッチを入れた。部屋が明るくなる。

「結構広いな」

背後の一真が小さく呟いた。

陽子のマンションに設けられた、四面に防音壁の貼られたスタジオ。

二週間前の惨劇の痕跡は、すでに業者によって丁寧に拭い去られ、残されたのは『事故物件』という情報的烙印のみだった。

「午後から陽子のご両親と業者が来て、必要な荷物だけを運び出すことになってます。それまでは自由に調べて構わないそうです」

唯は説明しながら部屋のエアコンをつけた。

今回一真を呼んだのは、陽子の両親が部屋を引き払う前に、彼に現場を見せておきたかったからだ。一真なら警察も見落とすような手がかりを発見してくれるのでは、という淡い期待があった。

一方、一真は気が進まないような顔で部屋を見回している。

「見ず知らずの俺が、娘さんの遺品を勝手に漁っていいのか？」

「ご両親にも許可を取ってあります。それに、半分くらいは私のものですから」

「君の？」

「ＰＣや機材のほとんどは私が買ったものです。マンションの家賃も半分は私が出してました。だから合鍵を持ってたんですよ」

一真はぞっとしたような顔をした。

「まさか、姪浜さんの金ヅルに……」

「ち、違います」唯は両手を振って否定する。「私が勝手にお金を出してたんです。陽子の――私たちの活動の助けになるならと思って」

唯は中学生時代から陽子の活動を支えてきたが、それはイラストやアニメーションの制作といった創作行為だけではなく、経済面の援助も含んでいた。動画編集に使うハイスペックＰＣや録音機材は唯が購入したものだ。マンションの家賃を負担していたのは録音スタジオという名目があったからだ。

唯の両親は多忙であり、かつ裕福だった。一人娘に十分な愛情を注げないことを負い目に感じていたのか、両親は潤沢すぎるほどのお小遣いを唯に渡していた。

そんな環境で育ったせいか、唯はお金に執着を持ったことがなかった。だから陽子と活動を始めてからは出資を惜しまなかった。陽子が美声という能力を天から授かったように、私も経済力という能力を授かっているのだから、それを積極的に活用しなくてはならない。そんな唯の考えを陽子は受け入れ、歓迎した。

——あたしは使えるものは何でも使うよ。お金を出してくれるならありがたく使わせてもらう。だけど、あたしとオンちゃんはあくまで対等。スポンサーなんかじゃない。それだけは忘れないでよ。

「でも、私に出資してもらってるという立場が、陽子の重荷になってたのかもしれません。少し前から出資を断るようになったんです」

金が行動の自由を奪い、責任を発生させる。先日の一真の発言のおかげで、唯の人生経験に存在しなかったその原理に気づくことができた。

「そういうことか」と一真は納得したようだった。「青木さんの言ってた、君と姪浜さんの喧嘩だな。だが、出資自体はずっと前から続けてたんだろう。どうして今になってそれが問題になったんだ？」

「わかりません。陽子が急に言い出したことだから。でも、もしかしたら陽子は私との協力関係を終わらせたいと思ってたのかもしれません。〈姪浜メイノ〉みたいなバーチャル的存在じゃなくて、生身の自分として活動するために」

〈眩暈メイ〉の名前を決めたのは陽子自身だ。

唯が描いたキャラクター案の一つだった、眼の中に渦巻き模様のある少女を気に入った陽子は、その風貌から少女を〈眩暈メイ〉と命名した。下の名前は「姪浜」という自分の姓から取っている。「陽子」を使わなかったのは、彼女が自分のやや古風な名前を気に入っていなかったからだろう。

「そろそろアバター変えようかな」

高三の終わりに陽子がそう言い出したとき、うっすらとした不安が肌を撫でた。

中学校から五年間も活動を続け、ともに成長してきた〈眩暈メイ〉を切り捨てるというのは、生半可な決断ではない。古参のファンたちは〈眩暈メイ〉という仮想人格に愛着があるので、アバターを変えてしまうと彼らにそっぽを向かれる恐れがある。

唯がそんな懸念を口にすると、陽子は平気そうな顔で言った。

「大丈夫でしょ。声を聞けば、あたしと同じだってすぐにわかるから」

「だったら、アバターを変える意味もないんじゃない？」

「理由は三つあってさ」

と、陽子は指を一本立てて語り始めた。

「一つ目はマーケティング戦略。あたしたちが活動を始めたころ、Vチューバーなんて言葉はなかったけど、〈眩暈メイ〉はほとんどVチューバーみたいなものだった。先駆者って言ったら聞こえはいいけど、要するにシーラカンスとかオウムガイみたいな生きた化石。全然フレッシュじゃないし、新規のファンがつきにくい。見た目も名前も新しくすれば、実力派の新人だと思ってもらえるでしょ？」

陽子は二本目の指を立てる。

「二つ目は、そろそろ中学生でいるのがしんどいって話。〈眩暈メイ〉を永遠の中二なんて設定にしたのはまずかったよね。こっちはもう高校を卒業するってのに、いつまでもイタくて尖ってる中二女子じゃいられないよ。言葉で人を攻撃するのも精神的にきつくなってきたしさ」

「その割にはこのあいだもノリノリで喧嘩してたけど」

クォーカ上で〈マリナ〉という中高生らしきアカウントと戦っていた陽子は、はたから見て楽しんでいるようにしか見えなかった。

「あれは別。大変だけど、誰も傷つけてないから」

妙な言い訳をするなと思いながら、ふーん、と唯は素っ気なく応じた。話はそこでうやむやになり、三つ目の理由が明かされることはなかった。

後日、〈メイ〉に代わる新しいアバターのデザインが決まると、

「この子の名前は〈姪浜メイノ〉にする」

と、まるで既定路線であるかのように陽子は宣言した。

「そこは素直に、姪浜メイ、でいいのに」

「メイノであることに意味があるの。この語感の良さ、凄くない？」

そうかなあ、と曖昧に返事をしつつ、胸の中にわだかまっていたもやもやとした不安が、次第に具体的な形を備えてくるのを感じた。

完全な偽名だった〈眩暈メイ〉よりも、〈姪浜メイノ〉は彼女の本名に近い。さらに顔立ちが幼くて等身も低い〈メイ〉に比べると、〈メイノ〉の容姿は大人びていて、顔つきや髪型も現在の陽子によく似ている。

陽子はいずれアバターの仮面を捨て、現実の姿でステージに立つつもりなのだ。アバターの名前やデザインを現実の彼女に近づけているのはその下準備だろう。〈姪浜メイノ〉として獲得したファンを丸ごと引き継ぐために——

その日が来たとき、陽子はきっと私を切り捨てる。

五年も連れ添った〈眩暈メイ〉を戦略的に手放した陽子なら、同じ歳月をともにしたパートナーに戦力外通告を下すことなど造作もないはずだ。現実問題、生身の姿をさらして活動を始めればイラストもCGデザインも不要となる。唯とパートナー関係を維持する意味はほとんどない。

唯は恐ろしかった。陽子に捨てられるのが。陽子を失うことが。

陽子の存在や彼女との日常が、自分の中でとてつもなく大きくなっていたことに気づいて、唯は狼狽《ろうばい》した。それから数日間は放心状態だったが、自分が〈OnlyNow〉の名前に込めた意味を思い出して我に返った。

陽子と別々の道を歩むことになるのは最初から決まっていたことだ。そもそも私は、イラストレーターとして一生を終えるつもりなどなかったのだから。

それに、〈姪浜メイノ〉として楽しそうに活動する陽子を見ているうちに、彼女への疑念はいつの間にか忘れ去っていた。

そう、六月中旬のあの日までは。

「来月から家賃振り込まなくていいからね」

領収書を整理していた陽子が洩らした一言に、耳を疑った。

陽子の両親は娘が一人暮らしをするのに経済面から反対していたので、仕送りもかなり少なかったはずだ。唯の援助がなければマンションの家賃を払い続けるのは苦しいだろう。

「……本気？」

「チャンネルも収益化できたし、投げ銭も増えてきたから大丈夫だって」

運営に「収益化」を申請すれば、動画の再生数に応じて広告収入が得られるようになる。配信の視聴者から「投げ銭」としてお金を貰えることもある。とはいえチャンネル開設から二ヶ月半であり、先行きを楽観視することはできない。

さらに陽子は、信じがたいことを言い放った。

「唯はもう、お金出さなくていいから」

「え……」

「いや、出さなくていいじゃなくて、出さないで、のほうがいいかな。そうしないと唯、勝手に自分で払っちゃうし。ＰＣも、カメラも、電気代も――」

そのときの陽子の歪んだ表情を、唯は忘れることができない。

「よく考えたらさ、こんな関係おかしいって。もうやめてくれない？」

「――つまり、姪浜さんは今津さんとの関係をスムーズに解消するため、まず経済的な依存をなくそうとした。動画の収益化が上手く行ったことがその後押しになった」

「それもありますけど、陽子は私に縛られたくなかったんだと思います。陽子はずっと前から顔を出して活動したかったのに、それができなかった。出資者の私に行動の自由を奪われていたせいで」

「ただの思い付きだが、姪浜さんは誰かにそそのかされたのかもしれない。それこそ〈観測者〉に。ガムテープ取ってくれ」

「あ、どうぞ。〈観測者〉が私たちを切り離そうとしたってことですか？」

「姪浜さんが援助を打ち切ってほしいと言い出したのが六月中旬で、事件発生が七月一日だから、やけに時期が近い。〈観測者〉が関わってる可能性は十分にある」

一真は段ボール箱の天面をガムテープで封じ、端を破る。

「なるほど。……ありがとうございます。手伝ってもらっちゃって」

「いや、構わない。証拠捜しの一環だからな」

唯と一真はリビングで梱包作業を進めていた。スタジオと違い、こちらに置いてあるのはほとんど陽子の私物なので、彼女の両親が来てから着手するつもりだったが、証拠捜しのついでに梱包を進めようと一真が提案したのだった。

整然としたスタジオと違って、リビングは全体的に散らかっていた。仕事はきっちりとこなすものの、私生活はルーズな陽子の性格を表しているようだ。

部屋の隅に積み重なった衣類を畳みながら、本棚の前にいる一真に訊いた。

「何かわかりましたか？」

「姪浜さんがあまり掃除をしてなかったことはわかった。本が埃《ほこり》を被《かぶ》ってる。あと、漫画が好きだったみたいだな」

「私はほとんど読まないんですけど、陽子は好きでしたね。聞いたことがないようなマニアックなのをよく読んでました。特に古い少年漫画が多くて」

「うわっ、『スピンドル仮面』のコミカライズだ。しかも旧版。凄いな」

「珍しいものなんですか？」

それから一真は、かつて子供向けアニメとして放映された『スピンドル仮面』がひっそりと漫画化されていたこと、コミカライズを担当した漫画家が後に思弁系ハードSF漫画家としてカルト的な人気を博すること、漫画版『スピンドル仮面』にも彼の独自の世界観が投影されていると話題になり、近年ついに復刊を果たしたことなどを熱く語っていたが、不意に言葉を切り、本棚に顔を近づけた。

「変だな。『スピンドル仮面』の七巻だけ埃を被ってない」

「最近読み返したんじゃないですか？」

「全八巻のうち後半の三巻はひと繋がりのエピソードだから、七巻だけ読み返すのは、あり得なくはないが不自然だ」

そんなことをよく覚えているなと感心する。きっと陽子とは話が合っただろうに。とはいえ、陽子が生きていたら一真と出会うこともなかったのだ。運命の悪戯を感じるとともに、やるせない思いが込み上げる。

一真は棚から『スピンドル仮面』第七巻を取り出し、ぱらぱらとめくった。すると、ページのあいだから小さな紙片がひらりと落ちた。

一真は拾い上げた紙片を険しい表情で見つめている。唯はその手元を覗き込む。

名刺サイズの紙には、一行の短い文と署名がペンで走り書きされていた。


『momochiの罪を思い出せ　観測者』


ざわりと背筋の毛が逆立った。

「これって、〈観測者〉の――」

「ああ、このメッセージを書いたのは犯人のはずだ。悪戯や模倣犯とは考えられない。〈観測者〉という名前が有名になったのは姪浜さんの事件以降だからな」

「〈観測者〉が漫画の中にこれを隠したんですか？」

「そんなことをしても意味がない。警察や世間にあてたメッセージなら、もっと目立つところに置くだろう。ここに隠したのは姪浜さんだと思う」

混乱する頭をどうにか整理して、つまり、と唯は言った。

「事件の前、陽子は〈観測者〉のメッセージを受け取ってたんですね。でも、どうして漫画の中に仕舞ってたんでしょうか」

「今津さんに読まれないためじゃないか」

「私に？」

「君はこの部屋の合鍵を持っているし、頻繁に部屋を訪れていた。だから君が絶対に読まないであろう漫画本に挟んで隠しておいたんだ」

「何で隠さなきゃいけないんですか。私に相談すれば――」

一真は唯を真っ直ぐに見つめて、静かに告げた。

「相談できなかったとしたら？」

冷たい刃が胸を刺した。

「何らかの形でメッセージを受け取った姪浜さんは、それを捨てるでもなく、君に相談するでもなく、誰にも見つからない場所に隠しておくことを選んだ。なぜなら、彼女は〈観測者〉の告発に心当たりがあったからだ」

一真は紙片を唯の前に掲げて続けた。

「例えば、この文章が『おまえの罪を思い出せ』だったら、姪浜さんも真に受けなかったと思う。当時は普通名詞でしかなかった〈観測者〉の署名が効いたわけでもない。このメッセージが悪戯ではなく、自分に向けた告発だと姪浜さんに正しく認識させたのは、他でもなく『momochi』の文字だ。つまり、これは姪浜さんが使っていた偽名――おそらく、クォーカのアカウント名なんだ」

ＳＮＳで複数のアカウントを使い分けるのは、そう珍しい話でもない。

陽子は〈眩暈メイ〉と〈姪浜メイノ〉のアカウントを持っていた。さらに陽子個人としてのアカウントも存在したが、〈momochi〉という名前ではなかった。ただし、唯の把握していない別名義のアカウントを作っていてもおかしくない。

「今津さんも含め、誰にも明かしていない自分のアカウント名を、見知らぬ誰かに指摘されたんだ。姪浜さんは激しく動揺しただろう。そして、〈観測者〉が自分の『罪』を知っていることも確信した。万が一危害を加えられた場合に備えて、告発状という物証だけは手元に残したが、その内容については誰にも打ち明けなかった。そうやって彼女は自分の『罪』を隠し通したんだ」

〈観測者〉はクォーカユーザーの個人情報を「観測」できる。

青木刑事の話が真実なら、〈観測者〉が陽子の別アカウントを探るのは容易いことだっただろう。そう思いかけて、自分の認識が間違っていたことに気づく。

このメッセージが告発しているのは陽子ではない。

「犯人のターゲットは〈姪浜メイノ〉じゃなくて、〈momochi〉だったんだ」

まるで唯の思考を読んだかのように言って、一真は紙片に目を落とした。

「とにかく、これは警察に渡したほうがいいな。犯人の指紋が残ってるとは思えないが、筆跡鑑定には使えるだろう。青木さんに連絡して取りに来てもらおう」

一真はスマートフォンを取り出す。そのとき、青木の言葉が蘇ってきた。

——君自身が犯人という可能性もある。

——君には動機があったんじゃないか。

「待ってください！」

唯はとっさに叫んだ。一真は怪訝そうな表情でスマートフォンを下ろす。

「どうした？」

「警察に連絡するのは少し待ってください。私は警察の手助けがしたいわけじゃなくて、陽子を殺した犯人をこの手で突き止めたいんです。それに——」

つい言い淀んだ唯の言葉の後を、一真が継いだ。

「——メッセージの存在を警察が知れば、彼らは今津さんと〈観測者〉が繋がっていたと考えるかもしれない。姪浜さんの別アカウントの情報を入手できるのは、彼女と昔から親しくて、マンションの合鍵を持っている君くらいだからな」

もし本格的に疑われるようになったら、警察の監視がつくかもしれない。唯たちが独自に犯人を追うのは難しくなるだろう。

「私の言ってることがおかしいのはわかってます。もし証拠を隠したことが明るみに出たら、月浦さんの立場も危ないから」

しかも、唯が実際に無実であることを一真は知らない。彼を丸め込んで証拠隠滅を図っていると誤解されてもおかしくないのだ。

「こんなことをお願いするのは、警察に疑われたくないからじゃないんです。ほんの少し時間がほしいだけなんです。月浦さんは何も知らなかったことにして、証拠は私一人で見つけたことにします。だから、もう少しだけ――私に付き合ってくれませんか？」

唯はうつむいていた。一真がどんな顔をしているのか知るのが怖かった。

予想に反して、彼の返事は早かった。

「ああ、わかった。そうしよう」

唯が顔を上げると、一真の平然とした顔があった。

「……いいんですか？」

「乗りかかった船だ。ただ、一つ教えてくれ。君は犯人を突き止めて、それからどうしたいと思ってるんだ？」

「それは――」

警察に突き出す、と言いかけたとき、青木の冷たい眼差しを思い出した。陽子を妬んでいたのではないかとあらぬ疑いをかけ、唯を挑発した青木。

あのときの身を焦がすような怒りが、再び腹の底を熱くした。

もう二度と、警察に私たちの関係を否定させたりはしない。誰にも疑いようのない形で二人の友情を証明してやる。そう、例えば――

「これ以上の犯行を止めさせる。それだけです」

危うく甘美なその二文字が頭の中で明滅していた。

〈観測者〉からの手紙は、念のため写真を撮ってから一真に預かってもらうことにした。改めてそれに目を通したとき、奇妙な懐かしさを感じたのは錯覚だろうか。

その後、二人でタブレット端末を探した。

陽子が動画配信に使っていたノートＰＣは証拠品として押収されていたが、彼女の私物であるリビングのデスクトップＰＣはそのまま残されていた。ならば、タブレットもまた残っているはずだという推測だった。

唯は以前、陽子がタブレットでクォーカを使っているのを何度も見かけていた。クォーカアプリのログイン状態が保たれていれば、タブレットから陽子の別アカウントにアクセスできるはずだ。

毛布の下から発見したタブレットの電源を入れると、端末はロックされていた。指紋または数字六桁のパスワードが必要だったが、前者はすでに火葬場へと消えている。

唯はあまり深く考えず、頭に浮かんだ六桁の数字を入力した。

『ＰＩＮコードが間違っています』

タブレットに表示された文字が信じられず、唯は固まった。

「今の数字は？」

と、隣で画面を覗き込んでいる一真が訊いてきた。

「陽子の誕生日です。陽子のパスワードはだいたいこれだから、タブレットもこれで開けられると思ったんですけど」

最初の二桁は西暦の下二桁で、残りの四桁が月と日。何のひねりもない。

「セキュリティを気にして、頻繁に番号を変えたりはしなかった？」

「銀行の暗証番号を私に教えるような人ですよ」

一真は腕組みをして唸り、そうか、と何かに気づいたように言った。

「〈観測者〉のメッセージを受け取った姪浜さんは、誰かにスマホやタブレットを盗み見られたと思ったんだ。だからパスワードを変えてセキュリティを強化した」

なるほど、辻褄は合っているが、状況としては詰みだ。

「亡くなった人のパスワードを調べる方法ってあるんですか？」

「故人のスマホがロックされていた場合、警察にも通信会社にも解除はできないらしい。思いついた数字を片っ端から試すか、総当たりで調べるしかないな。数字六桁の組み合わせは十の六乗だから、百万通りだ」

しかも、連続でパスワードを間違えると操作をロックされたり、端末の情報を削除されたりする場合がある。軽率に試行回数を増やすのは危険だ。

でも、もしかしたら――

唯はある程度の確信を持って六桁の数字を入力した。

『ＰＩＮコードが間違っています』

無情な通告が希望を打ち砕く。

今の数字は何かと一真に訊かれたが、何でもないです、と顔を背けるしかなかった。唯自身の生年月日を打ち込んだと知られたら、さすがに引かれそうだったから。

それでも、生年月日という線はあながち間違っていない気がした。陽子が意味も愛着もないランダムな数字をパスワードにするとは思えなかった。

そこで気づく。陽子の誕生日はもう一つ――いや、もう二つある。

記憶をたどりつつ数字を打ち込む。有力だと思っていたほうは外れたが、もう一方は当たりだった。ロックが解除され、アプリの並ぶホーム画面が現れる。

「やった！」唯は小さく快哉を叫ぶ。「〈眩暈メイ〉の誕生日でした」

「〈姪浜メイノ〉のほうじゃなかったのか」

「私も〈メイノ〉のほうだと思ってましたけど、やっぱり〈メイ〉の誕生日のほうが愛着があったんだと思います。イベントで何度もお祝いしてたから」

それに〈眩暈メイ〉の誕生日は、唯と陽子が初めて出会った日でもある。陽子があの日をパスワードに選んでくれたことが嬉しかった。

アカウントの切り替えメニューを展開すると、〈姪浜メイノ〉、〈眩暈メイ〉、そして陽子の個人アカウントである〈meico〉の他に、五つのアカウントが並んでいた。

〈マリナ〉、〈ＯＤ〉、〈あたご〉、〈ノッコ〉――そして、〈momochi〉。

一真の推理が当たっていたことにまず驚いたが、それより不可解だったのは別名義のアカウントが多すぎることだった。唯が把握していないものが五個もある。

その中に、一つだけ見覚えのある名前があった。

「そっか。自演だったんだ」

「自演?」

一真が訊いてきたので、唯は〈マリナ〉の名前を指差した。

「このアカウントは〈眩暈メイ〉を批判してきた人です。〈メイ〉は攻撃的なキャラなので、口喧嘩も日常茶飯事でした。でも、それは陽子の自作自演だったんです」

ネット上で複数の人間を演じる行為を「自演」と呼ぶ。悪質な場合はアカウントを凍結されることもあるが、陽子は上手く規制をくぐり抜けてきたのだろう。〈マリナ〉以外のアカウントに見覚えがないのは、自演を疑われないように定期的に名前を変えていたからかもしれない。

〈マリナ〉との言い争いについて陽子が語ったことを思い出す。

——あれは別。大変だけど、誰も傷つけてないから。

それはそうだ。一人芝居での喧嘩は手間がかかるが、相手を傷つけることもない。

唯はタブレットを操作し、アカウントを〈momochi〉に切り替える。

今年の三月まで〈momochi〉は頻繁に〈眩暈メイ〉に絡み、批判的な投稿を繰り返していたが、〈メイ〉が活動を休止してからは急に投稿が減っている。〈姪浜メイノ〉は喧嘩っ早いキャラクターではないので、自演の必要がなくなったのだろう。

〈momochi〉のマイページをざっと眺めていると、〈メイ〉関連以外の投稿も結構あることに気づく。陽子自身の日常的な呟きのようなものもあった。


『引っ越しだるい。パジャマ邪魔』

『うおお合格！　ありがとう数学！　くたばれ英語！』

『一時間くらいパズル的なことやってる。英語とかもう見たくないのに』

『OとCってほぼ同じだよね？　Cを手でぐっとしたらOになるよね？』


意味がわからないものもあるが、日常の呟きというのはこんなものだろう。

もっとも、こういった他愛のない投稿は少数で、ネットニュースに対して自説を述べたり、他のアカウントの投稿を批判したりと、〈momochi〉の攻撃的な人間性を表すものが多かった。最後の投稿は、それらの中でもひときわ目立つ長文だ。

〈RedBird〉の『Remember Predators』が発端となり、自殺した女優、美野島玲が話題になったころの投稿だった。

momochi　@m0m0ch1　20XX/04/20 23:49
『美野島玲もそうだけど、人が一生かけても手に入らないもの持ってるくせに、それをつまらないことで捨てちゃう人ってマジで嫌い。何様だと思ってんの？　あんたが当たりくじ引いたのはあたしが外れくじ引いたからなんだよ。その顔面に恥じないように清く正しく生きろよ』

『嫉妬だとか不謹慎だとか言われようが、あたしは美野島玲を許せない。川に飛び込んだせいで美化されてるのも腹が立つ。不倫で人の家庭めちゃくちゃにしても、同級生いじめ殺しても、死ねば許されるの？　顔が良ければ許されるの？　どうせなら川じゃなくて電車に飛び込めばよかったのに』

これは陽子が〈momochi〉を完璧に演じているだけだ、と思い込む試みはあえなく失敗した。これは陽子の魂の叫びだ。持てる者へ向けられた、彼女の歪んだ憎悪だ。

唯は強く目を閉じた。

いつも自信に満ちあふれ、誰に対しても明るく堂々と接していた陽子。顔の痣というコンプレックスを克服し、自身の個性として受け入れていた陽子。

瞼の裏に映る彼女のイメージが、崩れていく。

「momochiの罪を思い出せ、か」

隣で一真が独り言《ひとりご》ちるように言った。

「罪の所在は姪浜さんじゃなくて〈momochi〉にある。クォーカ上にしか存在しない彼女が罪を犯せるとしたら、それは言葉を遣うことしかないだろうな」

変革者

『三十代女性の遺体発見　大阪市』

大阪市T区のマンションで市内の会社員、吉塚亜梨実さん（34）の遺体が発見された。通報した隣人によると、十五日の午後九時ごろ、吉塚さんの部屋から爆発音のようなものが聞こえたという。死因は頭部への外傷であり、他殺と見られている。警察はF県と東京都で発生した連続殺人事件との関連を調べている。


「ついに三人目か。大変だ」

ネットニュースを漫然と眺めながら、仁はどこか他人事のように呟いた。

事件当初はオフィスに嵐が常時吹き荒れているような有様で、誰もが目の前の問題に対処するのに必死になっていた。ところがサポートセンターが増員され、仁たちが通常業務に復帰すると、オフィスには何となく弛緩したような空気が流れていた。

「その人、〈あるみかん〉らしいっすね」

席の近い後輩が気だるげに応じた。彼の口調もまた他人事めいている。

「三人目も有名人となると、さすがに偶然じゃないと思うんだけど……」

「絶対、偶然っすよ」彼は周囲を憚るように小声で言った。「散々調べて、そういう結論になったじゃないですか。それとも鳥飼さん、あの地獄の検証をもう一度やりたいんですか？」

やりたいわけがない。〈観測者〉の被害者二人のアカウントから個人を特定しようとした例の検証以来、彼らが名の知れたクォーカユーザーだったのは完全な偶然、というのが社内の共通認識になっていた。誰も再検証なんてしたくないからだ。

だが今後、被害者が続々と増えていったとしたら、彼ら全員が有名なユーザーだったとしたら、自分たちはいつまで現実から目を背けていられるのだろう。

「……これ、いつ終わるのかな」

「ユーザー全員がアカ転するまでじゃないっすか」

急に知らない単語が飛び出してきた。「アカ転って何？」

「アカウント転生のことっす。ここ最近、フォロワーの多いユーザーのあいだで、アカウントを新しく作り直すのが流行ってて」

仁はＰＣでクォーカを開き、「アカ転」でワード検索をした。

サイクロイド星人　@cycloid_alien　20XX/07/15 20:48
『この度は誠に勝手ながらアカ転させていただきます。皆様とお別れするのは寂しいですが、またどこかで出会えることを願っています。それでは』

えりんぎりんぎ　@eringeringe　20XX/07/16 14:51

『最近フォロワーが続々とアカ転してて、とうとうフォロワー数が百人切ったんだけど何だこれ。誰かこの感情に名前をつけてくれ』

零千　@zero1000　20XX/07/16 19:01
『「アカ転」という言葉が登場した途端、アカウントの削除数が一気に増えたのは、逃亡の意味合いが強い「アカ消し」に踏み切れなかった人たちが、「アカ転」の気軽さに背中を押されたから。言葉が人の行動を規定するという好例』

他にも「アカ転」について言及している投稿は数えきれないほどあった。ネット用語の流行り廃《すた》りが激しいのは知っていたが、少し目を離していた隙にこれほどのムーブメントが起こるとなると、時間の流れ方が違うのではと疑いたくもなる。

「アカ転するメリットって何だろうね。フォロワーが減るだけなのに」

「〈観測者〉の対象外になるってのと、人間関係をリセットできるのが大きいんじゃないすか。やっぱフォロワーが多いと面倒くさいことも多いみたいで」

「あんまりぴんと来ないな」

「まあ、よくある意味のない流行っすよ。すぐ廃れます」

ともあれ、あまり遊んでいる暇はない。〈観測者〉騒動のせいで色々と業務が溜まっているし、デバリングシステムの改良も遅々として進んでいなかった。

「鳥飼くん、ちょっと」

名前を呼ばれて振り向くと、離れたところで上司の相生が手招きをしている。彼女と一緒にいるのは四十代くらいのふくよかな女性で、クォーカ社の副社長だった。

「それじゃ、来週よろしくね。あの人頑固だから、難しいかもしれないけど」

副社長は相生にそう言うと、仁と入れ替わりに立ち去っていく。その後ろ姿をちらりと見て、二人で何を話していたのかと相生に訊くと、

「デバリングシステムの今後についてよ」

心臓が跳ねた。副社長が出てくるというのは穏やかではない。

「開発中止ですか？」

「ううん、その逆。システムの仕様を変えて本格的に実装するつもり。来週、社長に打診することになってるから、プレゼンお願いね」

仕様変更。実装。プレゼン。目まぐるしい展開に頭がついていかない。

「あれを実装するんですか？　レビューも散々だったのに」

「テスト版の問題点は、ＡＩによる表現規制が厳しすぎてユーザーがストレスを感じることだった。だから規制を大幅に緩和するの。評価関数のパラメータをちょっといじるだけだから、そんなに時間はかからないはずよ」

「でもそれは……危険です」

規制が厳しすぎるなら、緩めればいい。最初からわかっていたことだ。

だが、それは諸刃《もろは》の剣《つるぎ》でもある。悪意を孕《はら》んだテキストが規制をかいくぐる危険性が上がってしまうからだ。しかも、デバリング機能を使っているユーザーのＩＰアドレスは記録されない。もし問題が起こっても投稿者を追跡できないのだ。

仁の反論は想定済みだったのだろう。相生は冷静に言った。

「それでもやるしかないの。たとえ批判されても、クォーカ社自体の存続が危うくなっても仕方ない。お客様に安心していただくことが第一だから」

相生によれば、ＩＰアドレスが記録されないことが重要なのだという。

「Ｑオブザーバーとかいう都市伝説のせいで、〈観測者〉に個人情報を読まれることを不安に思うユーザーは増え続けてる。もちろん、一般人がＩＰアドレスから投稿者を特定するなんて不可能だけど、そんな理屈は関係ないの。個人情報を記録しない、されないことが安心に繋がる、そういう社会が到来しようとしてるんだから。〈観測者〉騒ぎの中で『非記録権』が注目を浴びている今、先陣を切るべきなのは私たちクォーカだと思わない？」

仁は曖昧に頷きながら、今後の予定をぼんやりと考えていた。

席に戻ったらまず「非記録権」を検索しよう、と。


日曜の夜、仁は悩みに悩んだあげく、荒戸に電話をかけることにした。

『おう、鳥飼か。どうした』

「実は、荒戸にお願いがあるんだ」

そう切り出した矢先、彼は言った。

『赤坂に会わせてほしいのか？』

機先を制されて、仁は返す言葉を失った。あの動画の謎を解くには、「出演者」である赤坂に直接話を聞くしかないと思い、荒戸に取り次ぎを頼むつもりだったからだ。

荒戸は小さく笑って、種明かしを始めた。

『このあいだ鳥飼と会った後、改めて不思議に思ったんだ。おまえはどうして今さらあの動画を調べ始めたんだろうってな。十年も前の出来事を掘り返すには、それなりの動機が必要だ。それで色々検索してみたら、御所ヶ谷の事件がヒットした。俺、ニュースとかあまり見ないから知らなかったんだ』

——御所ヶ谷、今もどこかでひっそり顧問やってたりすんのかな。

先日会ったとき、荒戸は明らかに御所ヶ谷の死を知らなかった。

『いやまったく、驚いたぜ。まさか正体不明の連続殺人鬼に殺されたなんて想像もしてなかった。とにかく、それではっきりした。おまえが動画を調べ始めたきっかけは御所ヶ谷の死だ』

仁は耳に当てたスマートフォンを強く握りしめた。

『だが、それでも疑問は残る。御所ヶ谷が死んだからといって、ほとんど無関係のおまえが動画の件を調べるのはおかしいからな。すると、おまえと御所ヶ谷に何らかの繋がりがあって、それにあの動画が関係してたってことになる。俺はそんな関係性を一つしか想像できねえんだよ。

——あの動画をクォーカに投稿したのは、おまえなのか？』

「ああ、僕がやった」

『どうして、そんなことをした？』

「正義のためだよ。僕は、赤坂を殴る御所ヶ谷が許せなかった」

『正義だって？』

荒戸の声は非難しているというよりも、怯えているように聞こえた。

『あの動画を世界に発信して、御所ヶ谷を社会的に裁く権利はおまえにはなかった。その権利を持ってたのは、あいつに肉体も精神も痛めつけられてきたサッカー部員だけだ。俺たちにはあいつを告発する正当性がある。御所ヶ谷の本性を知ってて、その所業を自分の目で見てきたんだからな。けど、おまえは違うだろ』

心臓を冷たい手で握られたような気がした。

これまで目を背けてきた事実が、荒戸の口から放たれる。

『おまえはサッカー部員じゃなかった。御所ヶ谷が暴君だってことも、あの動画の真偽すらも知らなかったはずだ。なのに、おまえは告発者としてあいつを断罪した。正しい手順をすっ飛ばしたせいで、あいつは正当な罰を受けないまま学校を追い出されたし、俺たちは正当な謝罪を受ける機会を失った。なあ、鳥飼。おまえは本気でそれを正義だって言うのかよ。そいつはむしろ――』

言葉を選ぶような沈黙の後、荒戸は言った。

『――暴力なんじゃねえか？』

「チクるんじゃねえぞ。チクったら、ぶっ殺すからな」

あの男の声は今でもはっきりと思い出せる。中学時代に所属していたサッカー部の部長だった。中学生離れした体格を持つ彼には誰も逆らえなかった。部の落ちこぼれだった仁と拓郎は、後輩への指導という名のもとに、幾度となく暴力を振るわれた。

三年をどうにか耐え忍び、高校に進学した仁だったが、サッカーどころかスポーツ自体が嫌いになっていたから、運動部に入る気はすっかり失せていた。

そんなわけで、拓郎の誘いで映画研究部に入ることになった。

部の活動は自主制作映画を撮ることだった。部員数も機材も乏しく、活動は不自由なものだったが、中学の部活では得られなかった楽しさがあった。

特に熱心だった拓郎は、撮影や編集の腕をめきめきと上げ、しまいには自ら作曲ソフトでBGMを制作するまでになった。彼が作曲の面白さに目覚め、後々〈696〉として活動を始めたのはそれがきっかけだ。

二年の文化祭では、仁が脚本を書いた短編映画が上映された。

学校を暴力で支配する番長が、虐げてきた生徒たちから様々な復讐を受けるコメディだ。番長のモデルはもちろん中学時代のサッカー部部長。ラストは時空の歪みで巨大化した主人公が番長を踏みつぶして大団円を迎えた。

映画の評判は上々だったが、物足りなさを感じたのも事実だった。褒められるのはストーリーや映像表現といった表層ばかり。仁がシナリオの一文字一文字に込めた、暴力が悪である、というメッセージを受け止めた生徒はどこにもいなかった。

そんな無力感を引きずっていた、九月のある日の放課後。

部室で拓郎を待ちながら、何とはなしにスマートフォンをいじっていたとき、クラスのグループチャットにとある動画が投稿された。

運動部の部室らしき場所で、御所ヶ谷らしき教師が、知らない男子生徒を痛めつけている動画。クラスメイトの誰かが補足した。男子生徒はサッカー部二年の赤坂で、顧問の御所ヶ谷は部員に対して日常的に暴力を振るっているらしい、と。

サッカー部、暴力。

心に深く根を張ったその二語が、仁を突き動かす動機となった。

決断してからは早かった。学校の誰にも知られていないクォーカのアカウントに、学校名と御所ヶ谷の名前だけを添えて、動画を投稿した。

約束より三十分も遅れてきた拓郎に、仁はクォーカの画面を見せた。

「見てみなよ。これが、現実の力だ」

増え続けるリポスト数を目の当たりにした拓郎は、呻《うめ》くように言った。

「これって、仁が投稿したの？」

仁は頷いて、熱を帯びた口調で語った。

フィクションで世界は変えられなかったが、ノンフィクションなら違う。目を覆いたくなるような現実を世間に突きつければ、世界を変えることもできる。この正義の行為によって、御所ヶ谷という一つの悪が滅びるだろう。それはノンフィクションが現実に与えるインパクトが、フィクションのそれを凌駕するという証明でもあるのだ、と。

本当は、そんな高尚な考えなど頭になかった。教師が生徒を殴っているという構図が、先輩に殴られていた中学時代の記憶を刺激して、薄れていた憎悪が蘇った。その怒りの矛先を無関係な御所ヶ谷に向けた。それだけの短絡的で歪んだ復讐だ。

だが、仁はその嘘を信じ込み、自らの行為を正当化しようとした。

SNSは弱者にとって最良の武器で、悪を打ち滅ぼす力がある。そう考えてクォーカに入社してからは、弱者を守るとともに言葉による暴力を防ぐ、デバリングシステムの開発に邁進した。

今思えば、拓郎は仁の欺瞞《ぎまん》に最初から気づいていたのだろう。

話を聞き終えたとき、拓郎はいつになく真剣な顔でこう言っていた。

「それ、他の誰かに話したら絶対に駄目だよ」

追跡者

三八式　@arisaka38　20XX/04/21 00:07
『最近やたらと美野島玲とかいう人殺しを美化しようとする勢力がいるけど正気なのかよって思う。中学の同級生の髪を抜いて裸を撮って首を吊らせるまで追い込んだのは鬼畜の所業だしまともな人間のやることじゃない』
『けど実際はそういう頭のネジが外れた異常者がでかい顔をして世の中を歩いてる。俺は美野島が悪だと断言するし奴を称揚する連中も徹底的にブロックする。殺人罪に時効は存在しないのだから』

閑散とした大学の食堂。Ａ４の紙にプリントアウトしたクォーカの投稿を読んだ一真は、不快なものを目にしたように顔をしかめ、呟いた。

「嫌な文章だ」

「……そうですね」

陽子のマンションを訪問した後、唯は陽子の別アカウントである〈momochi〉について調べを進め、ついに〈観測者〉に繋がる新事実を発見していた。その発見をいち早く一真に伝えたくて、三連休明けの火曜日、授業をサボってここに足を運んだのだった。

「一つ確認したいんだが」と一真は切り出した。「美野島玲って人が、こういうことをしたのは事実なのか?」

「少なくとも公式な情報じゃないです。当時出回ったデマかもしれません」

美野島玲が活躍していたのは唯が小学生のときだったので、テレビに映る彼女をはっきりと覚えているわけではない。彼女にまつわる騒動について調べるには、インターネットの力を借りる必要があった。

「私が調べた限りでは、美野島玲に関するスキャンダルは主に三つでした。所属事務所の社長との不倫、中学時代の同級生に対する虐め、そして違法薬物の使用。不倫に関しては明白な証拠がありましたけど、後者の二つは出所がわからない情報でした。不倫報道によって美野島玲を叩く流れができて、そこで誰かが悪意を持ってデマを流したんだと思います」

「芸能人の不倫なんて珍しくもないんじゃないか。それに、社会的な立場からして社長のほうが非難されそうだが」

「当時、美野島玲は売れっ子でした。急速にメディア露出が増えたのは事務所の社長に取り入ったからだと思われたんでしょう。天真爛漫なキャラクターを売りにしていた彼女にとっては致命的なイメージダウンに繋がったみたいです」

そういえば、陽子はこんな持論を語っていた。

――キャラは作りすぎないほうがいいの。ボロが出たら落差がヤバいし。

「あとスキャンダルってほどじゃないですけど、芸能関係者からの告発もたくさんありました。

スタッフへの態度が冷たいとか、共演者を見下してるとか」

「やけに主観的だな」

「少なくとも、彼女が業界で嫌われていたというのは本当だと思います。だから誰にも頼れずに、一人で思い詰めてしまったんです」

一真は黙って頷くと紙を唯に返した。

「とにかく、〈三八式〉氏はその情報を真に受けて、数ヶ月前にこれを投稿した」

「はい。名前から想像がつくと思いますけど、〈三八式〉は〈九九式〉――二番目の被害者、御所ヶ谷毅の別アカウントです。別アカウントとされている、って言ったほうが正しいですね。特定が趣味のユーザーがそう主張してるだけですから」

「根拠は？」

「文体が似てること、投稿する時間帯が一致してること、御所ヶ谷が殺害されてから投稿が途絶えてること――根拠としてはそれくらいですけど、私はこのアカウントが御所ヶ谷のものだと考えてます。陽子の〈momochi〉と共通点があるからです」

「二人とも美野島玲を批判してるってことか」

この結論に至るまでに費やした労力に思いを馳せつつ、唯は頷く。

「〈momochi〉と〈三八式〉の過去一年分の投稿を全部チェックしました。二人は趣味も主義主張もほとんど被ってないのに、美野島玲を批判してる、って点では完璧に一致してるんです。これが偶然とは思えません。つまり、〈観測者〉は美野島玲を批判したクォーカユーザーを狙ってるんじゃないでしょうか」

条件を満たすアカウント保有者を、言葉にするのも憚られるほど残酷な手法で殺していく狂人。〈観測者〉の機械的で無慈悲なイメージは、唯の中で徐々に変わりつつあった。血も涙もない怪物から、人の血の通った存在へ。

〈観測者〉は怒っているのだろうか。不幸な死を遂げた美野島玲を、不確かな情報によって侮辱する人々が許せなくて、このような凶行に及んだのか。それは〈姪浜メイノ〉の死を弄ぶ人々に殺意を抱いた自分と、どう違うというのだろう。

陽子が完全な被害者であったと、どうして言い切れるだろう。

「一真さん、私はよくわからなくなったんです。もちろん殺人は絶対に悪いことですし、犯人を恨む気持ちもあります。でも、〈momochi〉の投稿を読んでるうちに、これが陽子の本心だったのかなと思って、何というか――」

しばし言葉を探して、あまり適切ではないが、しっくりくる答えを見つけた。

「落差がヤバかったんです」

一真は笑いをこらえるような顔をして、慌てたように口元を引き締めた。

「そうか、落差が」

「陽子は裏表がないタイプだと思い込んでたから、余計に落差を感じたんです。〈momochi〉は金持ちに対しても批判的でした。私の親は――言ってみれば、資産家の部類です。もしかしたら、私に『施し』を受けてる状況が本当に嫌だったのかな、早く私と手を切りたかったのかな、って思っちゃって――」

唯の取り留めもない吐露に、一真は真剣な顔で耳を傾けていた。何も言葉をかけてくれなくても、それだけで心が落ち着くのを感じた。

「私は陽子の強さに憧れてました。崇拝に近い感情だったのかもしれません。でも、陽子も弱い人間の一人だったと知って、冷めてしまった。自分の理想のイメージを勝手に押しつけて、勝手に幻滅したんです。最低な話ですよね」

肯定も否定もすることなく、一真はややぶっきらぼうに言った。

「〈あるみかん〉――吉塚亜梨実の別アカウントは特定されてるのか？」

先週の金曜日に殺害された、〈観測者〉の三人目の被害者だった。

「……いえ、まだ見つかってないみたいです」

「だったら、まず〈あるみかん〉の投稿を読んで、美野島玲に関する投稿があったかどうかを調べよう。それが駄目だったら別アカウントを探す。サンプル数が二個じゃ説得力に欠けるからな。姪浜さん、御所ヶ谷、吉塚の三人に共通点があるとわかれば、俺たちの捜査は大きく前進するし、具体的な方針も立てられる」

俺たちの、捜査。

そうだ、これは私一人でやっていることじゃない。一真は彼自身の利益のために私に協力している。私の都合で立ち止まっているわけにはいかない。重荷から解放されたように気持ちが軽くなった。犯人を追うことが正しいかどうか、陽子が間違っていたかどうかなんて考えなくていい。

私は一真のために犯人を追う。ただそれだけだ。

——自分の力を誰かのために活かすのは凄いことだよ。

不意に蘇った陽子の言葉が力をくれた。

「わかりました。——一つ、予告してもいいですか」

「予告？」

「もし私の想像が当たってたら、そのときにはきっと私の名前が役に立つはずです。警察よりも早く犯人に接触してみせます。一真さんとしてもそのほうがいいですよね。警察に邪魔されずに鬼界に近づけるかもしれないんですから」

「確かにそうだが——どうやって？」

唯は黙って首を振った。まだ明かすわけにはいかない。確定していない情報で「彼」または「彼女」の名誉を傷つけてはならないのだから。

〈あるみかん〉の過去一年の投稿の調査は、検索機能を使うと数分で終わった。

「美野島玲」のワードを含む投稿はヒットせず、「美野島」「玲」「みのしまれい」などとワードを変えても同様だった。そもそも〈あるみかん〉の投稿は基本的に穏やかであり、炎上しそうな話題は巧みに避けていた。詮索好きのユーザーたちも〈あるみかん〉の別アカウントにはいまだ到達していないようだった。

ここで唯たちは逆のアプローチを試みた。美野島玲を批判する膨大な投稿の中から、〈あるみかん〉の別アカウントのものと思われる投稿を探し出すのだ。

　該当したアカウントは数百を超えた。これを絞り込むために使ったのが「ハイドサーチ」というアプリだった。投稿の内容を解析するという点では、昔流行った「レプリカ」に似ているが、こちらは二つのアカウントが同一人物のものかどうかを判定する機能があった。

　精度の悪さに閉口しつつも、パラメータを変えて何度も解析を繰り返すうちに、どうもこれが怪しいというアカウントがいくつか見つかったので、一真と相談しながらそれらを精査することにした。だが——

「やっぱり無理か」

　一真は書き込みで埋め尽くされたホワイトボードを睨んで言った。

　時間単位でレンタルできる、大学図書館にある小さな会議室。一時間にわたる議論の末に導き出されたのは、〈あるみかん〉の別アカウントだと断定できるアカウントはない、という残念な結論だった。

「手がかりが少なすぎますね」唯は溜息をついた。「別アカウントは、もちろんメインのアカウントより投稿の数が少ないから、情報も限られてきます。過激なことを書き込むなら身バレにも余計に気を遣いますし」

「クォーカの投稿から個人を特定する方法は色々あるんだろ。写真から位置情報を抜き取るとか、フォロワーの情報から学校名や住所を絞り込むとか。おまけに依頼を受けて特定を代行する業者までいる」

「それは身バレを気にしてないアカウントとか、現実の人間関係に紐づいたアカウントでしか通用しない方法ですね。ネット上だけで関係性が構築されてたり、私生活を晒さないように徹底してたりすると完全にお手上げです」

「それこそQオブザーバーでもないかぎり、不可能ってわけか」

一真は唯を見た。妙に長い時間じっと見つめられて、どぎまぎしてくる。

「今津さん」

「は、はい」

「君はイラストレーターで、吉塚亜梨実は漫画家だ。現実世界で何か繋がりがあってもおかしくない。どうにかして彼女の遺族や知人に接触できないか?」

そうだ、確か〈あるみかん〉には出版経験がある。

すぐさまスマートフォンで検索したところ、やはり彼女はクォーカに投稿した漫画をまとめた書籍を出版していた。版元は富岳社。

何という幸運だろう。唯は去年、富岳社が出版しているアート系雑誌の特集で取材を受け、そのときに編集者と連絡先を交換していた。頼りない伝手《つて》ではあるが、門前払いを食らうことにはならないはずだ。

さっそく編集者に電話して、〈あるみかん〉の担当に伝言を頼んだ。相手は明らかに怪しんでいたが、自分が連続殺人の第一被害者〈姪浜メイノ〉のパートナーであり、第三被害者〈あるみかん〉を知る人物に話を聞きたい、という旨を強く訴えると、同情もあってかとんとん拍子に話が進んだ。

数回のやり取りを経て、〈あるみかん〉の担当編集者から連絡が来た。吉塚をよく知る人物の了解を得られたという。彼女とはどういう関係なのかと訊くと、

『板付《いたづけ》さんという方で、吉塚さんとお付き合いをされていた人です』


翌日の七月二十日。唯は板付との対面を果たした。

対面と言っても、彼は大阪在住とのことなのでビデオ通話である。画面に映っているのは三十代くらいの男。面長で顔のパーツが小さく、おどおどとした気弱そうな喋り方をするので、どこか齧歯類《げっしるい》のような印象を受ける。

「今津です。今日はよろしくお願いします」

「ああ、どうも、こちらこそ……」

今回、一真は同席しない。故人のプライバシーに関わる事柄なので、無関係の第三者が顔を出すのは良くないという判断だった。

簡単に自己紹介を交わした後、吉塚亜梨実との関係性について訊いた。板付によると、彼女は職場の同僚で、ここ二年ほど付き合っていたという。

「住んでるところは近かったけど、同棲はしてませんでした。向こうにも、そうするつもりはなかったみたいで……」

「結婚のご予定はなかったんですか?」

板付は表情を暗くした。

「漫画にも描いてましたけど、亜梨実は別れた夫からひどい暴力を受けていました。そのせいで結婚生活に嫌気がさしてたんでしょうね……。僕と付き合い出したときも、あなたと結婚するつもりはない、ってはっきり言われましたから」

はあそうですか、と相槌を打って流してしまうには壮絶すぎる話だった。

「板付さんはそれを受け入れたんですか？」

「仕方ないと思いました。亜梨実はそれだけの目に遭ってきたし、その傷を癒せない僕にも責任があるから……」

そこで板付は言葉を切り、口元を少し歪めて苦笑した。

「僕が亜梨実に騙《だま》されてる、って思いましたか？　彼女はただ単に僕と結婚したくなくて、その言い訳にＤＶの話を使ってたんじゃないか、って」

どきりとする。図星だったからだ。

「いや、そんな――」

「隠さなくてもいいですよ。僕がそういうお人好しに見えることはわかってます。地雷持ちの女に依存されてるだけだとか、いずれ立ち直ったら捨てられるとか、勝手なことを言ってくる人もいました。……仕方ないことです。お人好しだけど結婚相手としては魅力がない男と、才能はあるけど心に傷を負ってる女。それだけの情報しか与えられなかったら、僕だってそう勘繰りますから……」

だけど、と板付は強がるように語調を強めた。

「僕の主観では、亜梨実は僕といて幸せそうでした。会いに行くと嬉しそうな顔をしたし、別れるときは悲しそうな顔をした。それは僕しか知らない情報です。そのおかげで僕は信じることができた。亜梨実が、僕を本当に……」

板付は不意にうつむき、手の甲で顔を乱暴に拭《ぬぐ》った。

「すみません。急に、こんな……」

いえ、と平然と応じながらも、唯は目頭が熱くなるのを感じていた。大切な人を失った彼を自分と重ねてしまったのだろうか。どうも最近は涙腺が緩くなってきていけない。自分の共感能力の高さが恨めしくなった。

ともあれ、そろそろ本題に入らなくてはならない。

「板付さんは、吉塚さんが使ってたクォーカのアカウントを知ってますか?」

「ええ……〈あるみかん〉のことですよね」

「いえ、それとは別の、もっと個人的なアカウントです」

板付の表情に諦念めいたものがよぎった。

「……僕は、亜梨実とは一番親しかったかもしれません。だから彼女のプライバシーと、その名誉を守る義務があるんです。どうか理解してください」

「お願いします。どうしても知りたいんです」

画面の前で深々と頭を下げた唯に、板付が問う。

「どうして知りたいんですか？」

「ある事実を確認するためです。もしそれを確認できなかったら、私は……この世で一番尊敬している人に、間違った疑いをかけてしまうかもしれない」

信じたかった。それでも疑わざるを得ない。直感がそう告げていたから。

「今津さんは、誠実ですね」

その言葉に顔を上げると。板付は寂しげに微笑んでいた。

「誰かを疑うために、正しい情報をきちんと積み上げる。とてもフェアな態度です。乏しい情報を振りかざして、出会い頭に襲いかかるようなやり方とは全然違う。……わかりました。この情報を誠実に扱ってくれるなら、亜梨実の名誉を傷つける人たちの手に渡さないなら、アカウントを教えましょう」

「……ありがとうございます」

板付によると、彼が知っている吉塚の別アカウントは二つあるという。

「一つは友人たちと繋がっている鍵アカウントです。こっちは亜梨実の許可がないと閲覧できないんですけど……」

「そっちは大丈夫です。もう一つは公開アカウントですか？」

「はい。名前を送りますね」

テキストチャットで「@」から始まる文字列が送られてきた。各アカウントの識別や検索に用いられるユーザー名だ。それをクォーカの検索窓に打ち込むと、〈甘味料〉というアカウントが表示された。マイページの投稿を読み進めるにつれて、嫌な予感は確信へと変わっていく。

板付が私と同じであるように、吉塚もまた陽子と同じ──

「板付さんは、どうやってこのアカウントを知ったんですか？」

「見つけたのは偶然でした。彼女と一緒に古い映画を見た後、その映画のことを呟いてるアカウントを見つけたんです。それから過去の投稿をたどっていって、亜梨実の別アカウントだと確信しました」

板付は淡々と、笑みすら浮かべて語る。唯には信じがたいことだった。

「嫌じゃなかったんですか？　裏切られたって思わなかったんですか？　自分の彼女がこんなに──男性を憎んでるのに」

〈甘味料〉の投稿から濃厚に漂っているのは、男という性への根源的な憎悪。男の暴力性や野蛮さをあげつらい、非難し、注目を集める。意見を同じくする者たちには称賛を送り、批判する者たちには攻撃を浴びせ、閉ざされた世界に不和の種をばらまく。一人の男性である板付は、まさに自分が攻撃されたように感じたのではないか。

しかし、彼はゆっくりと首を振った。

「裏切られたなんて、そんなことは……むしろ、嬉しかったんです」

意味不明だ。「嬉しかった？」

「亜梨実は男性というものに恐怖と憎悪を抱かざるを得ない経験をしてきました。それなのに、僕と一緒にいてくれたんです。本当の意味で心を許してくれたという証拠じゃないですか」

言葉を失った唯に対し、板付は照れくさそうな顔で続けた。

「それに、亜梨実がクォーカにあんなことを書き込んでいたのは、男性が嫌いだという気持ちをネットの中で発散したかったからでしょう。その気持ちを現実世界の僕にぶつけないために……。だから、あれは彼女なりの努力だったんです」

その都合の良すぎる解釈に、魅力を感じるのもまた事実だった。

陽子も同じだったのだろうか。現実世界で強くあるために、唯を嫌わないでいられるように、自らの弱さを電子の海に捨てていたのか。

――本当に？

「一つの感情だけを切り離すなんて、そんなことがあり得ますか？」本来の目的も忘れて唯は口走っていた。「人間ってそんなに器用じゃないし、単純でもないと思います。板付さんと付き合っていた吉塚さんも、男性を憎んでいた吉塚さんも、同じ一人の人間じゃないですか」

「……今津さんは、一つ勘違いをしています」

何となく、板付の雰囲気が変わったような気がした。

「言葉というものが、その人間の精神を写し取ったものだと信じ込んでいる。実際のところ、人間という一次情報から発された言葉は、すべて不完全な二次情報です。私は亜梨実と直接触れ合い、生のデータを交換しました。テキストに加工された言葉より純度の高い情報を。だからこそ僕は、クォーカの投稿のような劣化した情報に惑わされないでいられる。彼女の愛が真実だったと信じることができる」

――人前で泣いちゃダメ。負けを認めたってことになるから。

泣きじゃくる唯の顔をハンカチで拭う、陽子の力強い手。

「君も、姪浜さんから大量のデータを得ているはずだ」

唯と手を叩き合って喜ぶ陽子。悔しさに唇を噛んでいる陽子。涙を隠して笑っている陽子。退屈そうな陽子。楽しそうな陽子。寂しそうな陽子――

彼女と過ごしてきた日々の記憶が、情報の奔流となって押し寄せてくる。

「君は、君の知る彼女を信じてあげればいい」

私の知っている、陽子。

声が綺麗で、芯が強くて、計算高くて、自信に溢れた、私の親友。

心に引っかかった小さな違和感は、たちまち温かい涙に流されていった。


板付との通話が終わったのを察知したのか、会議室に一真が入ってきた。

とっさに顔を伏せようとして、やめた。二人の会話をスマートフォンで聞いていた彼に、涙の痕を隠したところで意味がない。真っ直ぐに前を向く。

「どうだった?」

向かいの席に着いた一真は、唯から視線を逸らすようにして聞いた。

「予想通りでした。〈甘味料〉は美野島玲について投稿したことがあります」

ノートPCを回して、クォーカの画面を一真に見せた。

甘味料　@kanmiryo　20XX/04/20 23:18
『美野島玲の件、やっぱり某社長が悪いって今さら炎上してるみたいだけど、美野島の罪を軽く見積もりすぎてる。美野島は権力を持つ男に媚《こ》びを売って、実際に成功してしまった。たった一つの成功例にすがる女の子たちは自ら男どもに身を捧げて、成功の夢を見たまま若さを貪られていく』
『結局何言っても変わんないんだよなって思う。女が男に服従するという構図は間違ってる、って私たちが必死に唱えたところで、美野島みたいな馬鹿な女たちがそれをぶち壊す。男どもに頭を垂れて差別の構図を補強する。自分で自分の首を絞めてるってことにどうして気づかないのかね』

「確かに、これまでの二件と一致するな。美野島玲への批判とデマの拡散。ただ、そもそもの話、美野島玲について投稿してるアカウントは大量にある。偶然の一致という線も捨てきれないんじゃないか」

「いえ、それはないと思います。この投稿を見て確信しました」

ヒントになったのは〈momochi〉と〈三八式〉が例の投稿を行った日時だった。唯はＰＣを操作して、投稿のタイムスタンプを記録したテキストファイルを開く。

momochi　20XX/04/20 23:49
三八式　20XX/04/21 00:07

「三件の投稿はどれも、今年の四月二十日の午後十一時から翌日の午前零時過ぎにかけて、だいたい一時間のあいだに送信されてます。これが偶然とは思えません」

「その時間帯に、何か意味はあるのか？」

「本当のところはわかりません。本人以外には理解できない深い意味があるのかもしれませんから。ただ、単純に考えれば、〈観測者〉がクォーカを見た時間だと思います」

「ああ……」

「『美野島玲』でワード検索をしたんでしょう。トップに表示された最新の投稿を目の当たりにして、殺意を抱いた。……それだけの繋がりだったんです」

警察にも見つけられなかった、〈観測者〉と被害者たちを結ぶミッシングリンク。それをついに発見したというのに、喜びや達成感は微塵も湧いてこなかった。

その代わりに感じたのは、煮えたぎるような怒りだった。

陽子が殺されたのは、単なる偶然。広大無辺なネット世界に向けて放った矢が、たまたま不幸にして彼女を射抜いた、ただそれだけの確率の悪戯。

〈観測者〉の犯行予告を思い出す。無作為、条件、削除。人を人として扱わず、数学的な概念として処理しようとする傲慢さが、あの文章からは滲み出していた。

一人の人間として認められることなく、陽子は殺されたのだ。

だからこそ、〈観測者〉に認めさせなくてはならない。彼女が人間だったことを。彼女を大切に思っている人間が、ここにいることを――

「〈観測者〉の正体が、わかりました」

頭の中で明滅していたのは、「復讐」の二文字だった。

「リリースを中止したい？」

相生は仁の言葉を繰り返すように言った。

荒戸と電話で話した翌日、仁は会議室に相生を呼び出し、修正版デバリングシステム（DS）のリリース中止を提言した。システム導入を訴える社長プレゼンを間近に控えているとあって、相生は珍しく動揺した様子だった。

「やっぱり、パラメータの変更が不服なの？」

「違います。このシステムの致命的な欠陥に気づいてしまったんです」

――暴力なんじゃねえか？

「DSは悪意の込められた投稿を弾くことで、ユーザーが傷つけられるのを防ぐ。そのコンセプト自体は間違ってなかったと思います。ただ、僕は一つのケースを見落としていました。――噂には悪意がなく、デマには悪意がある、って相生さんが前に話してくださいましたね。その通りです。ただ、無邪気な噂話でも拡散すればデマと同じ影響力を持ちます。誰かが傷つくのを防ぐには、悪意の有無にかかわらず両方を規制しなくてはなりませんが、現状のシステムにはそれができません。むしろ逆に、投稿者の追跡不能処置によってデマ拡散者を守ることになってしまう」

「気づいちゃったのね」

「はい？」

何でもないというように微笑んで、相生はテーブルの上で指を組んだ。

「鳥飼くんの言い分はよくわかった。長い時間をかけて準備をしてきたプロジェクトに自ら幕を引く潔さも素晴らしいと思う。でも、私は責任ある立場として、総合的な見地から判断を下さなくてはいけない。要するに、もう止められないの」

「システムの欠陥のせいで会社が窮地に陥っても、ですか？」

「戦略的には正しい選択よ」

相生は多大なリスクを加味した上で、デバリングシステムの可能性に賭けているのだろう。冷ややかな彼女の瞳に怖気づきながらも、仁は切り札を使うことに決めた。

「この会社でＤＳのパラメータ調整ができるのは僕だけです。修正版も当然、僕にしか作れない。もし僕が断固として調整を拒否したら、どうなると思いますか？」

「リリースできない。あるいは過剰な規制がかかったベータ版のパラメータのままで世に出すことになる。最悪、鳥飼くんの首が飛ぶかも」

「覚悟の上です」

社運を賭けて動き出したプロジェクトを一社員が覆すには、それくらいの代償を払わなくてはならないだろう。それでも、何としてでも止めなくてはならなかった。かつての仁と同じような誰かが、自らの歪んだ正義を世界に解き放つ前に。

相生は諦めたようにふうと息を吐いた。

「わかった。一週間だけ待ってあげる。そのあいだに自分がどうすべきかをよく考えてみて。

――その代わり、鳥飼くんにお願いがあるの」

「何でしょうか」

戦々恐々と次の言葉を待っていた仁に、相生は笑いかけた。

「パスタ、食べに行かない？」


仕事帰りの仁と相生が訪れたのは、会社の近所にあるイタリアンレストランだった。洒落ているがやや閉塞感のある個室の一つに通される。

テーブルに着いた相生はいそいそとメニューを開く。

「前から来たかったんだけど、一人じゃ入りづらくて」

彼氏か友達と来ればいいのに、などとは言わない。

やがて二人前のシーフードパスタと、相生の頼んだ白ワインのグラスが届いた。

パスタは海老や蟹や浅蜊《あさり》が豪勢に盛られ、大変見栄えがいいが、やたらと非可食部が多く、フォークとスプーンでは歯が立ちそうにない。仕方なく、まず素手で具のほうを片付けようとしたところ、

「ストップ。写真撮るから」

と、相生に制された。自分の皿を撮るのかと思いきや、彼女はスマートフォンを寝かせ気味に

して、二人の皿とワイングラスが画角に入る位置でシャッターを切った。

「クォーカに上げるんですか？」

「そう。彼氏と来たよ、って感じで」

「嘘じゃないですか」

「鳥飼くんって、嘘に厳しいよね」と真面目な表情で返される。「真実を語るのは善いこと、嘘をつくのは悪いこと。もちろん理屈の上ではその通り。でも、恋人がいるとか、金持ちだとか、頭が良いとか、そういった小さな嘘で自分を着飾って、小さな幸せを手にするのが悪いことだとは思えないの」

「その小さな幸せが、他の誰かを不幸にするかもしれないでしょう」

「鳥飼くんは誰かを不幸にしたの？」

思わず上げた視線が、相生とかち合った。

彼女はワイングラスを持ち上げて余裕のある笑みを見せる。

「うふふ、予想はついていたの。正義に取りつかれた鳥飼くんが急に宗旨替えしたからには、その思想の根本が揺らぐような何かがあったのかな、って。それに、最近の鳥飼くんはいつもどこか上の空で、様子がおかしかったから」

最初から見透かされていたのだ。仁は脱力を覚えた。

「長い話になりますけど、聞きたいですか？」

「パスタ食べてからね」

二人で黙々と皿を空けた後、仁はこの数週間の出来事を洗いざらい話した。自分が拡散した動画がフェイクだと言われたこと。荒戸の言葉で、ようやく自分の罪を自覚したこと。

「鳥飼くんは悪くない」

話を聞き終えた相生は、開口一番にそう言った。

「その動画に嫌な記憶を刺激されて、つい投稿してしまっただけなんでしょう。それは明確な意図を持った行為じゃない。ただの反射よ。……ねえ、鳥飼くん。人間を一つのシステムだと考えたことはある?」

「システム、ですか」

「外部からの入力によって何かを出力するシステム。その中身はわからないけど、注意深く観察すれば、入力と出力のあいだに一定のパターンが見えてくる。人によって異なるそのパターンが、個性とか性格って呼ばれるものね。ある入力を受け取ったとき、どのような出力を返すかは、その人のシステムによって決定されているの。つまり、鳥飼くんはその動画を見たら、クォーカに投稿してしまうシステムだった。自然現象みたいなものよ。鳥飼くんが責任を感じる必要はない」

奇妙な考え方に戸惑いつつ、仁は言葉を探した。

「でも、それは言い訳じみてると思います。動画を投稿するのを決めたのは僕の意志ですし、実際に投稿したのも僕です。当然、すべての責任は僕にある」

「意志って、本当にあると思う?」

ぞくりとした。

相生は無邪気に小首を傾げ、パスタの皿の縁を指でなぞる。

「パスタを見て、食べたいって思うこと。美味しそうって感じること。前に食べたパスタと比較すること。お母さんが作ってくれたパスタを思い出すこと。――全部、パスタという入力が思考という形で出力されているだけ。実際には、人は色んなものから色んな入力を得ているし、それらの出力が複雑に絡み合ってる。でも、本質は同じよ。単なる反応。鳥飼くんはそれを意志って呼ぶ？」

相生の考え方は、極端で、過激で、それでいて本質をついていた。だからこそ怖かった。禁断の扉の向こうを覗いているような、底知れぬ不安を覚えた。

「ともかく一般的に考えて、鳥飼くんが責任を感じる必要はないと思う。高校生なんてまだまだ子供なんだから。それより、動画の謎のほうが気になるな。本物でもないし、フェイクでもない。それってすごく不思議よね。動画、見せてくれない？」

完全な部外者に動画を見せるのは少々躊躇われたが、どのみち全世界に公開されているのだから、とクラウドに保存していた動画をスマートフォンで再生する。小さな画面で繰り広げられる惨事を、相生は食い入るように鑑賞していた。

一分九秒の再生が終わったとき、彼女は小さく呟いた。

「わかっちゃった」

「え……」

「今まで気づかなかったの？　こんなの簡単じゃない」

呆然としてしまった。仁が数週間のあいだ悩みに悩んできた謎を、一分余りで看破したというのか。さすがに疑念を覚えた。

「本気で言ってるんですか？」

「もちろん。でも答えを教えるのはつまらないから、ヒントを出してあげる。その一、シャツの校章の色。その二、顧問のジャージの色――」

相生は指を一本ずつ折りながら列挙する。

「そして最後の大ヒント、この映像には動きがない」

ぐらり、と脳が揺れた。

図と地が反転する。明白な事実が目の前に立ち現れる。

――謎は解けた。犯人はきっと「彼」だ。

なぜ動画を作ったのかと訊けば、「彼」は答えてくれるだろう。しかしそれは、古い傷口をこじ開けることでもある。十年前の色褪せた真実に、痛みという代償を払うほどの価値があるのだろうか。

「ねえ、鳥飼くん。いつも私が言ってるじゃない」

相生は少し目を細め、唇の端を吊り上げるようにして笑う。

「わからないことをそのままにするのは、気持ち悪いでしょう？」

観測者

猟が初めて美野島玲と言葉を交わしたのは、大学の演劇部の倉庫だった。

うず高く積まれたペンキ缶の横、猟が作業に使っている椅子に、彼女はうつむいて座っていた。艶やかな長い黒髪に隠されて顔は見えない。肩を震わせ、小さく嗚咽《おえつ》を洩らしている。

「どうしたんですか？　美野島さん」

意を決して声をかけると、彼女は顔を上げることなく返事をした。

「どうしたんだと思う？」

なぜこちらが質問されるのか。猟は戸惑いながらも応じた。

「さっき、美野島さんがあの人――あの茶髪の女子と言い争ってるのを見ました。よくわかりませんが、それで泣いてるんじゃないですか」

演劇部の舞台で使う大道具の制作を急遽頼まれ、一週間前からこの倉庫に通っている猟には、演劇部の内部事情はおろか、メンバーの名前すら定かではなかった。

ただ、美野島玲は例外だった。

大学のミスコンで優勝するほどの美人であり、プロ並みの演技力を誇る演劇部のエースである美野島玲の名は、まったくの門外漢である猟も知っているほどだった。そんな華やかな世界で暮らしている彼女が、猟の作業場である薄暗い倉庫で一人泣いているのは、現実感に欠けた光景だった。

「君、アオイちゃんの名前は知らないのに、私の名前は知ってるのね」

「それは……有名人だから」

「そう、私は有名人」泣いているとは思えない、歌うような口調で玲は言った。「私の演技力が凄いことをみんな知ってる。本当に泣いてるみたい、本当に怒ってるみたい、ってね。だから、私が本気で泣いてても、本気で怒ってても、誰もまともに取り合ってくれない。何か裏があるって疑われる。……私、アオイちゃんは本当に役者として実力がある子だと素直に思ってる。でも、私がそれを言うと皮肉に聞こえてしまうの。あの子から役を奪ったのは私だから、仕方ないことなんだけど」

　他人とのコミュニケーションが不得手で、絵や研究に対して孤独に打ち込んできた猟には理解できない悩みだった。

「ねえ、私は泣いてると思う？　それとも演技をしてると思う？」

　玲の問いに背を向け、猟は床に広げていた背景幕に腰を下ろした。

　たいした見返りもなくこの幕の制作を引き受けたのは、猟が所属する量子物理学の研究室の、それほど親しくもない先輩に頼み込まれたからだったが、「宇宙」というテーマに沿えば何を描いてもいいという条件にも心惹かれていた。

　熟慮の末に猟が描いたのは、極彩色の星々が幾何学的パターンに従って配置された漆黒の空間。その中心に鎮座する、神々しいほどの輝きを帯びた楕円形の銀河。猟が幼いころから思い焦がれ、追い求めてきた宇宙の数学的な美しさと、その人知を超えた恐ろしさを共存させるという試みは、今のところ順調に進んでいた。

刷毛《はけ》でペンキを少量取って、パレットの上で混ぜ合わせる。熱を帯びた炭のような黒。冷たい深海のような黒。闇夜の森のような黒。様々な黒が現れては消えていく。

やがて絵にふさわしい黒が生まれたとき、この場にふさわしい言葉も見つかった。

「どっちでもない。俺はまだ、あなたを観測してないから」

一拍置いて、興味深そうな玲の声がした。

「どういう意味？」

「量子の世界では、観測という行為がモノの振る舞いを決定します」

キャンバス地の布を刷毛で塗っていく。色を載せるように、慎重に。

「もしあなたが一つの粒子なら、あなたは俺の後ろにいる。そしてそこにいない。泣いている。そして泣いていない。あなたの存在や振る舞いは、すべて確率的にしか記述できない。ただ、もし俺があなたを観測すれば、波動関数が収束し、ある一つの状態に定まったあなたが現れることになる」

「それって変じゃない？　君が見てないときも、私はここにいるのに」

「人の眼で捉えられるスケールの世界ではそうでしょう。ただ、この世界を限りなく拡大した先にある極小の世界では、そういった人の感覚に反した現象が起こる。観測によって粒子の状態が一つに収束することを、観測者効果と言います」

「うーん、何となくわかったかも。でも、私は粒子じゃないよ」

「意味合いは違いますが、量子力学以外にも観測者効果と呼ばれるものはあります。ここが暗闇だったとしましょう。俺があなたを観測するために照明をつければ、あなたは急な眩しさに目を細めるかもしれないし、驚いて立ち上がるかもしれない。観測という行為によって、あなたの状態が変化してしまうわけです」

正円で描かれた銀河の中心部を丁寧に縁取りながら、猟は続ける。

「実験系の研究ではよくあることです。温度計は温度を測るために熱エネルギーを吸収し、結果として対象の温度を変化させる。回路の電圧を測ろうとして電圧計を接続すれば、それ自身の抵抗によって電圧が変化する。俺があなたを観測するまで、あなたの状態が確定していないというのは、あながち間違いとは言えません」

「つまり私は泣いているし、泣いていない。善人であって、悪人でもある」

「そういうことです。……気は済みましたか」

「うん、とっても。何だか気が晴れた。ありがとう」

素直な感謝の言葉にくすぐったいものを感じながら、猟はこの場から今すぐ逃げ出したいという衝動と戦っていた。初対面の彼女に向かって独りよがりな話を滔々《とうとう》と語っていることに気づき、自己嫌悪に陥っていたからだ。

すると、玲はふと気づいたように言った。

「結局、私を観測してはくれないのね」

猟は振り向かなかった。あんなことを話した後に、彼女に合わせる顔があろうはずもなかった。それに何より自分は醜い大男だ。演劇部のスターである彼女を、こんな距離で正視しようものなら、たちまち眼球が焼け爛《ただ》れてしまうだろう。

そんな自虐的な考えは、玲の一言で吹き飛んでしまった。

「ねえ、須崎くん」

どうして俺の名前を――

反射的に振り向いた猟は、これまで遠目に盗み見ていた玲の顔を初めて間近に見ることになった。その瞬間、猟の人生は一つのルートに収束した。

吸い込まれそうな黒い瞳。立体的な鼻梁。左右対称の眉。小さく控えめな唇。それらすべてのパーツが、肌理《きめ》の細かいキャンバスの上に美しく配置されている。極めて数学的な、自然界が生んだ奇跡の造形。

猟が追い求めてきた宇宙の美が、そこにあった。

――俺は彼女を観測し、彼女を描くために生まれたのだ。

天啓のような確信に目頭が熱くなる。拳を握り締め、歓喜の波に耐えた。

「これ、本物だと思う?」

玲は自分の頬に走った涙の痕を指差して、微笑した。

＊＊＊

『演劇部の舞台、見に行きました。恥ずかしながら演劇にはほとんど触れてこなかったので、美野島さんの演技を見るのも初めてでしたが、感情の入り方というか、観客を引き込ませる間の使い方というか、とにかく素人目にも素晴らしかったです。ただ、俺の絵が背景になっているのは少々恥ずかしかったです。舞台の邪魔になっていなければいいのですが』

『ありがとう。またお願いするね』

『ご卒業おめでとうございます。玲さんは劇団に就職するそうですが、俺はまだ研究室に居残っています。博士号は就活のパスポートではなかったようです。ともあれ暗い話はこれくらいにして、玲さんのますますのご活躍をお祈りします。それでは』

『どんまい。次があるよ、次が』

『「可哀想な恋人」の第一話観ました。ドラマ初出演で主役を任されるというのは玲さんが期待されている証でしょう。あと、個人的には髪を切ったのは正解だと思います。明るい印象になりましたし、頭のシルエットが黄金比に近づきましたから』

『美容師さんにドラマ良いですねって言われた。嬉しい』

『「箱の中の猫」観ました。映画出演も三作目となると堂に入ったものがありますね。正直、主役の流川《るかわ》さんが霞んで見えるほどの存在感でした。ところで俺は、このあいだ会社を辞めてから、本格的にデジタルで絵を描き始めました。ですが、やはり玲さんの絵だけは描くことができずにいます。表現の媒体が紙であっても液晶画面であっても、自分の筆で玲さんの美を損なうのが怖いのには変わりがないようです』

『怖がらないで！』

『昨日の「ラジカル・トーク」で話してたエピソードって本当ですか？　本当だったらあまり喋らないほうが良いと思います。今をときめく人気女優として、マスコミの連中が虎視眈々とスクープを狙ってるはずですから』

『喋らないほうが可愛いって褒め言葉だよね』

『悔しくて悔しくて一晩中眠れませんでした。玲さんは断じて悪くない。悪いのは人の私生活を暴くマスコミと匿名の群衆だ。第一、なぜこんな暴力が許容されているのかわからない。有名人には有名税が課せられるから？　一般的な倫理観から外れたことをしたから？　どれも聞くに堪えない戯言《ざれごと》だ。個人に非対称の暴力を浴びせる免罪符にはならない。どうか気を強く持ってください。俺はあなたの味方です』

『難しい話はよくわからないや。もう寝るね。おやすみ』

『玲さんは人殺しなんかじゃない。俺はあなたに生かされているんです。就職先が見つからなかったときも、仕事で身体を壊したときも、いつか玲さんの絵を描くという目標のおかげで生きてこられた。あなたがいるこの世界で、あなたを観測し続けることが俺の使命です。同じように、玲さんにも使命があるはずです。それを忘れないでください。何度でも言います。俺はあなたの味方です』

『ありがとう』

＊＊＊

美野島玲が川に身を投げて死んだのは、最初のスキャンダルが発覚してから一ヶ月後のことだった。

猟は再就職していた会社を辞めた。わずかな貯蓄を切り崩しながら、一日中ＰＣに向かって絵を描いていた。彼女の姿がまだ網膜に残っているうちに、その姿を形に留めなくてはならないと思った。筆を握る手には必要以上の力がこもった。何度もタッチペンを壊しながら、猟はその絵を完成させた。

『Predators』

彼女を非難し、攻撃し、死に追い込んだ捕食者たち。顔を持たない彼らへの憎悪と、二度とこのような悲劇を起こしてはならないという思いを込めた絵だった。

猟はクォーカにアカウントを開設し、一切のキャプションを付けずにその絵を投稿した。アカウント名は〈RedBird〉。須崎、すさき、朱雀、赤い鳥、という単純な連想だった。

当初、反応は皆無に近かったが、徐々に好意的なコメントが付き始めた。

自分の絵が誰かに認められた。

その小さな喜びは、玲を失って凍りついた猟の心を少しずつ融かしていった。

自分の中に眠っている感情を掘り起こし、具体的な形として発信して、様々なフィードバックを受信する。その行為には、孤独に自分と向き合い絵を描くこととは違った喜びがあった。

猟が次々に作品を発表するうちに、〈RedBird〉のフォロワー数も増え続け、数年経ったころには謎の有名アーティストとしてメディアで扱われるようにもなった。ただ、絵の投稿以外の活動は一切しないと決めていたし、何らかのテキストを発信することもなかった。もしクォーカに「言葉」を投稿すれば、玲を殺した人々と同じになってしまう気がしたからだ。

昼間は運送会社で働き、夜は絵を描くという生活を送っていた猟は、あるとき一人のフォロワーから「もう一度『Predators』を描いてほしい」というリクエストを受けた。猟は普段フォロワーのコメントには応じないことにしていたが、玲の命日が近かったこともあり、リメイク版の制作に踏み切ることにした。今の実力なら彼女の美しさを十全に表現できるかもしれないという期待もあった。

平穏な日常に過去の傷を忘れかけていた猟だったが、再び玲を描いているうちに彼女への想いは狂おしいほど強くなっていった。記憶の古傷をこじ開けるたびに、そこから新しい血が流れ出し、強く握りしめた拳がタッチペンを破壊した。

忘れるな、思い出せ――美野島玲を襲った悲劇を。

自らへの戒めとして『Remember Predators』と名付けたその絵を投稿したことが、猟の人生を予期せぬルートへと導くことになった。

唯が〈RedBird〉にフォローされたのは高校一年生のときだった。

世界的に有名なアーティストであり、唯にとっては憧れを越えて崇拝の対象だった〈RedBird〉。その名前が〈OnlyNow〉のフォロワーとして登録されているのを見つけた瞬間は、まさに天に昇るような気持ちだった。

孤高の天才である〈RedBird〉は滅多に他人をフォローしない。一千万人を超えるフォロワーに対し、自身がフォローしているのは数十人ほど。どれも各分野で一流のアーティストばかりで、ぽっと出のアマチュアである唯が選ばれたのは奇跡としか言いようがなかった。

そんなわけで、直後のプレッシャーは凄まじいものがあった。

あの〈RedBird〉が自分の絵を見ている。どうしよう。次のイラストがお眼鏡にかなわなくて、フォローを外されでもしたら、ショックで心臓が止まりかねない。

「そんなに気負わなくていいんじゃない？」と陽子は言った。「あの人だって、気まぐれでフォローすることくらいあるでしょ」

「そうかなあ」

「〈眩暈メイ〉のイラストが、たまたま初恋の人に似てたのかも」

まあそんなものかもしれない、と脱力した唯は、スター級のフォロワーの存在をそれほど意識せずに活動を続けてきた。三年以上経った今も、幸いにして〈RedBird〉のフォローは継続している。


「〈観測者〉は、〈RedBird〉です」

自らの迷いを捨てるため、唯はあえて断言した。

一真は記憶をたどるように会議室の天井を見上げる。

「何かの番組で見たな。イラストレーターじゃないです。あの人はアーティストです」

唯の定義ではその二つは明確に異なるものだ。イラストレーターが表現するのは誰かの想い。そして、アーティストが表現するのは自らの想い。

「あの人の描いた『Predators』って絵を最初に見たとき、私は泣いたんです。そこに込められた作者の絶望が恐ろしくて。だから絵に描かれた女性のモデルが、作者の身近な人間だってことには薄々気づいてました」

「そのモデルの女性が、美野島玲なのか」

「間違いないです。顔が似てますし、何より投稿日が美野島玲の命日ですから。美野島玲に強い感情を抱いてるという点で、〈観測者〉と〈RedBird〉はよく似てるんです。それに、もっと具体的な証拠もあります」

『Predators』の画像の隅を拡大させたものを一真に見せた。見慣れた署名が小さく記されている。

「これが〈RedBird〉の署名です。小文字の『i』の点が横棒になってますよね。――そして、こっちが〈観測者〉の字です」

陽子の部屋で見つかった告発状の写真に画面を切り替えた。『momochiの罪を思い出せ　観測者』。写真を一瞥して、一真は眉を上げた。

「同じだ」

文字を拡大すると、〈momochi〉の「i」の点が短い横棒として書かれているのがわかる。アルファベットの書き方には人それぞれの癖がある。その中でもこの「i」の書き方は比較的珍しい部類に入るので、とりわけ印象に残っていたのだ。

この大発見に、一真は感嘆すると同時に呆れているようだった。

「よく気づいたな。偏執的だ。俺だったら絶対気づかない」

「ファン歴が長いもので」

「結局、俺はほとんど役に立たなかったな。今津さんの後ろをついて回ってただけで、たいした貢献はできなかった。犯人を特定したのは君の力だ」

一真は自嘲の滲んだ苦笑いを浮かべたが、唯は首を振った。

「いえ、一真さんと紫音さんがいなかったら、この答えにはたどり着けなかったし、そもそも犯人を捜してなかったと思います。お二人には本当に感謝してるんです」

紫音は犯人を突き止めるという選択肢を提示し、一真を紹介してくれた。そして一真は、警察から情報を引き出したり、告発状を見つけたりと、真相解明に大きな役割を果たしてくれた。二人が唯をここに導いてくれたのだ。

「紫音にも伝えておくよ。……だが、犯人が〈RedBird〉だと決めつけるには客観的証拠が薄い。美野島玲の熱狂的なファンなんて他にもたくさんいるだろうし、こういう字の書き方をする人間も一定数はいる。警察に話したところで取り合ってはもらえないと思う」

「はい。だから、本人に直接確かめます」

一真は目を瞬いた。

「知り合いなのか？」

「いいえ、顔も名前も知りません。でも、私なら──〈OnlyNow〉ならメッセージを送れるんです。〈RedBird〉にフォローされてますから」

ダイレクトメッセージ──DMは、各アカウントが非公開のメッセージを互いに送り合う機能だが、たいていの有名人は相互フォローの関係にないアカウントからのDMをブロックするよう設定している。〈RedBird〉もその例外ではないだろう。

しかし、〈OnlyNow〉と〈RedBird〉は相手を互いにフォローしている。唯からのメッセージが〈RedBird〉に届く可能性は十分にあるのだ。

「〈RedBird〉にこんなDMを送るんです。私はあなたが〈観測者〉だと知っている。直接会って話がしたい、って。〈RedBird〉が本当に犯人だったら、間違いなく会いに来てくれるはずです」

「ファンサービス……いや、口封じだろうな。それでどうするんだ？」

「話をします。どうして殺人を犯したのか、全部話してもらいます」

「それだけ？」

「はい。警察に突き出すのは、その後でもいいと思って」

唯の嘘に気づいた様子はなかったが、一真は否定的だった。

「素直に話してくれるとは思えないな。それに、〈観測者〉は任意のアカウントの個人情報を盗める。ＤＭを送った時点で今津さんを殺しに来てもおかしくない。奴はすでに三人殺してる異常者なんだ」

「たぶん、すぐには殺されない……と思います」

「どうして？」

「もし私だったら、フォロワーが会いに来たら——それも、自分と同じ絵描きが会いに来てくれたら、まず話がしたいって思うからです」

根拠のない想像だったが、賭けてみる価値はあると思っていた。

「もちろん、一真さんを私のわがままに巻き込むつもりはありません。私一人で行きます。知らない人間が一緒に来たら向こうも警戒するでしょうし」

すると、一真はあからさまに溜息をついた。

「あのな。それは、一緒に来てほしい、っていうのと同義語だ」

「対義語だと思いますけど……」

「覚えておいたほうがいい。そういう言葉を真に受けて、女の子を一人で危険な場所に送り出すのは、この社会では重罪に問われる行為なんだ」

初耳だった。やはり私は世間の常識からずれているらしい。

「一緒に来てくれるんですか？」

「ああ、仕方がない」

彼のむすりとした顔がおかしくて、思わず笑ってしまいそうになる。

「とにかく、同行するからには俺の指示に従ってくれ。もし何かあったら君の親御さんに申し訳が立たない。徹底的に安全路線で行こう」

すべてはQオブザーバーの性能にかかってる、と一真は言った。

「〈観測者〉が入手できる情報には限りがあるはずだ。現に、奴は姪浜さんの顔を知らなかった。彼女は自撮りとか、誰かと写真を撮るのが好きなタイプだった？」

「……好きじゃなかったと思います」

理由は語るまでもない。胸の奥がちくりと痛む。

「俺の考えでは、Qオブザーバーによって得られる情報は、ターゲットの端末の中にある情報に限られる。〈観測者〉が運送業者を偽って姪浜さんにメールを送ることができたのは、端末に保存されたメールアドレスを盗んだからだ。だが、姪浜さんの端末には彼女自身の顔写真がなかったから、〈観測者〉はわざわざ彼女の声を確認しないといけなかった。つまり、あらかじめ端末に仕掛けをしておけば、〈観測者〉の行動をコントロールできるかもしれない」

「個人情報を消しておくってことですか?」

「いや、その必要はない。空の端末を新しく用意して、〈観測者〉へのＤＭはその端末から送るんだ。そうすれば君の正体はばれない。……まあ、〈観測者〉が本気を出せばすぐに見抜かれるだろうから、時間稼ぎにしかならないが」

〈観測者〉はすでに陽子の個人情報を入手しているわけで、その中には当然、メッセージアプリのリンネでの唯とのやり取りも含まれている。リンネのアカウント名には本名を使っているので、唯が〈OnlyNow〉であることは直ちに露呈してしまう。

「リンネのアカウント名を変えておいたほうがいいですか?」

「あんまり意味がない気はするが、心配ならやっておいたほうがいいな」

アカウント名を変更すれば、もちろん他のユーザーの端末に表示される名前もすべて切り替わる。〈観測者〉対策にはなるものの、他の友人たちには急に名前を変えたことを訝しがられるだろう。

それからしばらく二人で話し合い、諸々の準備を済ませてから〈RedBird〉にメッセージを送るという方針に決まったところで、そういえば、と一真が切り出した。

「〈momochi〉の投稿に一つ気になるものがあったんだ。それをどう解釈すればいいのかずっと考えてたんだが、つい最近、一番しっくりくる答えを見つけた。これが姪浜さんの真意だという確証はないが、今津さんには話しておきたい」

「……何がわかったんですか?」

「君との関係について、姪浜さんがどう考えてたのかってことだ」

胸中に不安が忍び込む。

陽子が私のことをどう思ってたとしても関係ない。私は、私の知る陽子を信じる。そう覚悟を決めていたのに、今は不安でたまらなかった。

この二週間、唯とともに〈観測者〉を追ってきた一真。彼の推理や助言が信頼に足るものであることを、唯は何度も思い知らされている。もし一真が陽子の本心を解き明かしたとして、それでも私は彼の推理を否定できるだろうか？

「ええと……この投稿だ」

一真は自分のスマートフォンの画面を見せた。その文面には見覚えがあった。初めて見たとき、どういう意味だろうと不思議に思っていたのだ。

『一時間くらいパズル的なことやってる。英語とかもう見たくないのに』

『OとCってほぼ同じだよね？　Cを手でぐっとしたらOになるよね？』

「この二つは連続して投稿されているから、同じ内容を指していると見ていいだろう。姪浜さんは一時間も英語のパズルと格闘し、最終的に『O』と『C』が似ていると主張した。パズルが解けなくて文句をつけたってことだろう。そして、これが投稿されたのは今年の春。〈姪浜メイノ〉の活動がスタートした時期だ」

一真はホワイトボードに向かい、上側と下側に二つの文字列を並べた。

『MEMAI MEI』

『MEINOHAMA MEINO』

ここまで来ると、唯にも推理の方向性が薄々見えてきた。

「並び替え、ですか?」

「そうだ。姪浜さんは新しいキャラクターの名前を〈眩暈メイ〉のアナグラムによって作った。要するに、この英語のパズルを解くことで命名したんだ」

「文字数が足りませんけど……」

「ああ。だから、文字を追加しないといけない」

一真は二つの文字列を見比べて、同じアルファベットを一文字ずつ斜線で消していった。そうして現れたのは、陽子が新たに加えた不足分の六文字だ。

「これを並び替えて、二つある『O』の片方を『C』に変えると――」

一真の手はその六文字を書き記した。唯が何度も耳にしてきた、その言葉を。


帰宅した唯はPCを立ち上げ、陽子の両親から貰ったUSBメモリを読み込んだ。その中には、陽子が遺した動画ファイルが保存されている。

『コネクテッド・ルナティック踊ってみた最終版』

あの日、陽子が投稿するはずだった動画。〈姪浜メイノ〉の遺作。

この動画を公開するかどうかは唯に任せる――それが陽子の両親の考えだったが、唯は動画に目を通してすらいなかった。彼女の死を直視する勇気が出なかったから。

しかし、今なら見ることができる気がした。彼女の真意を知った今なら。

一つ深呼吸をして、再生ボタンを押した。

耳馴染みのあるイントロが流れ、画面に〈姪浜メイノ〉の姿が現れたとき、唯は目が覚めるような驚きに打たれた。

長い赤髪のツインテール。手が隠れる長袖の上衣。大胆なミニスカート。

――似ている。

陽子のリクエストに応じて3Dモデルを調整していたときは気づかなかったが、動画に映っている少女の髪型や服装は、明らかに〈眩暈メイ〉に寄せたものだった。

まるで、〈メイノ〉が〈メイ〉のコスプレをしているように見える。

驚いたのはそれだけではなかった。〈姪浜メイノ〉の口元を白い物体が覆っていたのだ。唯が作ったモデルには存在しなかったものだ。

動画を一時停止して、拡大する。

白い物体は、折り曲げた板のような単純な形状のマスクだった。隅にスタンプが押してある。赤いバツ印。〈メイノ〉のアイコンである「メ」のマーク。

マスク、〈眩暈メイ〉のコスプレ、『コネクテッド・ルナティック』――

これらから連想されるのは、中三のときに陽子が投稿した『踊ってみた』動画だ。あのとき彼女は〈メイ〉の格好をして、マスクで口元を隠して踊った。

一時停止を解除すると、〈メイ〉は踊り始めた。当時の彼女が考えた、稚拙で動きの単純な振り付けを、少しだけ洗練させたものだった。

ふと、自分が笑みをこぼしていることに気づいた。

「……馬鹿みたい」

陽子はモーションキャプチャという最新技術を駆使し、３Ｄモデリングによって構築されたアバターを身にまとって、あろうことか中学時代の黒歴史を再演したのである。呆れるほど馬鹿馬鹿しくて、最高のサプライズだ。

さらにこの事実は、一真が語った推測を裏付けている。

――名前にこんな仕掛けを施すくらいだから、姪浜さんが君を切り捨てるつもりだったとは思えない。もしかしたら、逆だったんじゃないか？　前に少し話してくれたが、君には姪浜さんのために絵を描くこと以外に、何か夢があるんだろう。姪浜さんはそれを察して、君が関係を解消しやすいように経済的援助を断った。自分一人でも立派にやっていけることを示そうとしたんだ。

動画のマスクには〈メイノ〉のスタンプが押されている。これはマスクの３Ｄモデルを作ったのが陽子であるという証だ。彼女はモデリングを唯に任せているふりをしながら、こっそり一人でソフトの勉強をしていたのだ。その成果をサプライズで披露するつもりだったに違いない。

アバターのデザインくらい一人でできる――唯にそうアピールするために。

「ほんと、馬鹿みたい……」

最初から全部話してくれていたら、こんな回り道はしなくてよかったのに。陽子の気持ちを疑って苦しむこともなかったのに。

動画の中で〈姪浜メイノ〉が最後のポーズを決めた。腰に手を当て、人差し指を画面のこちらに突きつける。挑発的な笑顔が、遠い日の彼女の言葉を蘇らせた。

――オンちゃん、あたしの絵を描いてくれない？

唯は衝動的に椅子から立ち上がると、棚の下の隙間に手を突っ込んだ。奥のほうを探ると、細長くて冷たいものが指先に触れる。――あった。

二週間前に捨てたタッチペンを握りしめ、再び机に向かう。

――描こう。

〈観測者〉との邂逅《かいこう》を果たした後、自分がどうなるかはわからない。復讐を果たして捕まるかもしれない。思いを遂げる前に殺されるかもしれない。二度と絵を描けなくなっているかもしれない。

今しかない。彼女を描けるのは、今しかないのだ。

ループ再生で踊り続ける〈姪浜メイノ〉を前にして、唯はペンを夢中で動かした。タブレットの白い画面を走る線が、みるみるうちに生命の輝きを帯びていく。

私が描いているのは、〈メイノ〉であり、陽子であり、私なのだ――そんな考えが頭をよぎった。一真がホワイトボードに記した六文字を思い出したから。

『ONCHAN』

そう呼んでくれる人はもういない。でも、私は彼女の中にいる。

それから丸一日を費やして〈姪浜メイノ〉のイラストを完成させた。個人的な想いに突き動かされるがままに描いたこともあり、客観的なクオリティを満たしているか判断がつかなかったが、迷うことなくクォーカに投稿した。フォロワーの反応を確認する前に緊張の糸が切れ、猛烈な睡魔に襲われて丸一日眠った。

その後、〈RedBird〉に会うための準備を進めた。特にメッセージの文面は重要だったので、納得が行くまで何度も練り直した。


『突然のDM失礼いたします。イラストレーターのOnlyNowと申します。本名は今津唯、F市在住の大学一年生です。私の素性をお伝えしたのは、これが悪戯ではないことを信じていただきたいからです。

先日『観測者』を名乗る殺人犯に友人を殺された私は、素人ながら独自に犯人を追ってきました。その中で、被害者の三人と美野島玲に繋がりがあることに気づいたのです。そこで思い出されたのは、RedBirdさん、あなたのことでした。

私は『Predators』を拝見して以来、RedBirdさんは彼女と親しい付き合いがあったのではないかと考えていました。あの絵からは彼女を見つめるRedBirdさんの優しい眼差しと、彼女を失った哀しみが痛切に伝わってきたからです。

私はRedBirdさんの作品に出会って、絵を描くことを志した人間の一人です。だからこそ、観測者にまつわる真実に気づいたとき、まず真っ先にあなたにお話ししたいと思いました。できれば、直接お会いできたらと思っております。場所や日時はいつでも構いません。不躾なお願いで大変恐縮ですが、ご検討ください』

送信ボタンを押す直前、もし〈RedBird〉が事件とまったく無関係だったら、という想像が頭をよぎった。〈RedBird〉は奇妙なＤＭに困惑し、無視するだろう。そして間違いなく〈OnlyNow〉のフォローを解除する。憧れの人に見放されることを想像するだけで心が抉《えぐ》られるようだった。

二日後、拍子抜けするほど簡素な返信が届いた。

――七月二十九日の午後九時にこの建物の前で待っていてください。

返信に添えられていた位置情報は、街外れのとある雑居ビルのものだった。

一真にメッセージの内容を電話で伝えると、彼は緊迫した声で言った。

『初対面の人間を呼びつけるにしては場所と時間帯の指定が変だ。罠であることを隠そうともしてない。問答無用で口封じするつもりだろう。悠長に話ができるとは思えないが、本当に行くのか？』

唯の答えは初めから決まっていた。

「行きます。あの人に会って、決着をつけないといけないんです」

部外者

開け放した窓から暑苦しい蟬の声が響いてくる。

一真は畳に胡坐《あぐら》をかき、スマートフォンに表示させた七月のカレンダーを眺めていた。一日、八日、十五日、二十二日には丸い印がついていて、それらはカレンダー上で縦一列に並んでいた。〈観測者〉事件の被害者たちが殺された日だ。

そして、〈RedBird〉が唯を呼び出したのは、七月二十九日――

「やっぱり、金曜日だったか」

一真は湿ったタオルで頭の汗を手荒く拭った。

元々短髪だったが、エアコンが壊れたのを機により短くしていた。汗は拭きやすくなったし、頭に風が通って涼しい。散髪代が節約できるというメリットもあった。

二階の紫音からメッセージが届いた。

『明日、今津さんと行くの？』

唯の言葉を思い出す。まさか、彼女があんなことを言うとは思わなかった。大胆不敵というのとは少し違う。何が何でも〈RedBird〉に会わなくてはならないという、悲愴なまでの決意が感じられた。変な気を起こさなければいいのだが。

『一緒には行けない。遠くから見守るだけだ。おまえは来るのか？』

『行く』

『危険だぞ。あっちには十中八九、奴がついてるんだからな』

『鬼界を止めたい』

はたと文字を打ち込む指が止まった。

常にダウナー気味の妹がいつになく積極性を発揮している。思えば、今津唯の件について相談を持ちかけてきたのも紫音だった。ただのクラスメイトだと紫音は言っていたが、何か心境の変化があったのだろうか。

そんなことを考えていると、続きのメッセージが届いた。

『今津さんは目の前で友達を殺された。私もあの場所にいたから、彼女がどれだけショックを受けたかよくわかる。それだけでも十分にひどいことなのに、このままだともっと恐ろしい目に遭うかもしれない。放っておけない』

『全面的に同意だ。それはともかく、リンネであいつの名前を出すな。作戦会議もほどほどにしろ。あいつにハッキングされてるかもしれないんだぞ』

『鬼界に？』

『おいやめろ』

『たぶん、鬼界はそこまで万能じゃない。私たちのスマホはしっかり対策してるから気にしなくていいと思う。むしろハッキングされて、鬼界にこっちの言い分が届くならそのほうがいい』

それもそうか、と思う。それなら言いたいことを言っておこう。

『聞いてるか、鬼界。また気持ちの悪い真似をしてくれたな。何のつもりかは知らないが、おまえの好きなようにはさせない。人間を舐めるな』

勢いで打ち込んではみたものの、急に虚しさが込み上げてきて、送信する前に削除してしまった。今回、自分たちはほとんど部外者のようなものだ。事態が上手く運ぶかどうかは、唯の選択に委ねられている。

一真にできるのは、ただ祈ることだけだった。

『何事もなく終わるといいな』

『うん』

『それと、新しいエアコンも早く届くといいんだが』

『あと一ヶ月かかるって』

ちりん、と風もないのに風鈴が鳴った。

観測者

猟があの男に遭遇したのは、四月下旬のある日の深夜だった。

おぼつかない足で暗い路地を歩いていた猟は、不意に名前を呼ばれた。

「須崎猟だね」

反射的に周囲を見回したが、ほとんど街灯もない夜道に声の主は見当たらなかった。連日の深酒による幻聴を疑い始めたとき、また同じ声が聞こえた。

「上を見てごらん」

のろのろと頭を上げると、古びた雑居ビルの二階だけに明かりが灯っていて、窓からこちらを見下ろす人影があった。逆光のせいで顔は見えない。

「こっちに来るといい。面白いものを見せてあげよう」

普段ならそんな怪しげな誘いに乗るはずがなかったが、ここ最近の猟は仕事を休んで安酒に溺れ、自暴自棄の極みにあった。騙されて金を奪われようが殺されようが構わない。捨て鉢な気分の赴くままに、ふらふらと階段を上がった。

二階にある扉を開けると、正面に若い男が立っていた。

高校生にも大学生にも見える、頬の線に幼さが残る顔立ちだった。肩口で切りそろえられた黒髪は中性的だが、喪服のような黒一色のスーツと黒いネクタイは男物だ。

「誰だ、おまえ」

猟は自分が威圧的に見えていることを意識しながら凄んだ。なにせ男は猟よりひと回り背が低いし、体重も猟の半分ほどしかなさそうだった。

だが男は表情を変えることなく、平然と応じた。

「僕は鬼界だ。鬼の世界、と書く」

「変な名前だな」

「君もそうだろう、須崎猟くん。――そして、〈RedBird〉」

信じがたい言葉を耳にして、酔いが半分醒めた。

「何で……」

「僕はとても便利なツールを持っていてね。クォーカユーザーの個人情報を自由に覗くことができるんだ。だから君が〈RedBird〉であることはもちろん、年齢や住所、勤務先、交友関係、好きなアーティストに至るまで、どんなデータでも入手できる。今日、君がここを通るのを知っていたのは、スマホの位置情報を参照していたからだ」

事実を取り出して並べていくように、鬼界は淡々と語った。情報を盗み見られた怒りは湧かなかった。ただ目の前の男がひたすらに薄気味悪かった。

「何が目的だ？　警察を呼ぶぞ」

「君は警察を呼ばないよ」

断定口調で言うのが気に食わなかった。「どうしてそう言い切れる」

それには応えず、鬼界は背を向けて廊下の奥へと向かう。不本意ながら、猟もその後を追った。

廊下の突き当たりに広い部屋があった。

元々は何かの事務所として使われていたのであろう、がらんとした空間。中央にビニールシートが敷かれ、そこに一人の男が体育座りをしていた。何となく鼠に似た風貌の男は、両足首と両手首をガムテープで縛られていた。

手足の拘束より目を引いたのは、男が頭に被っている黒いヘルメットだ。後頭部から数本のコードが伸びて、箱型の電源装置に繋がっている。

何が何だかわからないが、明らかに犯罪まがいの状況だった。

「おまえ、何のつもりだ？　この人は――」

「彼は〈不死鳥のタタキ〉だ」

絶句した。この数日間、そのふざけた名前に何度呪詛《じゅそ》を吐いたことか。

『Remember Predators』をクォーカに投稿した後、その絵が美野島玲を描いたものだと指摘されたのは予想の範疇だったが、〈不死鳥のタタキ〉というアカウントの投稿で状況は悪いほうへ転がり始めた。このアカウントは美野島玲を美化する風潮を批判し、さらに彼女が過去に行っていたという悪事を列挙したのである。すると一転、クォーカには美野島玲への批判が続々と投稿されるようになった。

自分の絵が、美野島玲の死を辱《はずかし》めた。

受け入れがたい事実に絶望し、亡き彼女を侮辱する匿名の人々への怒りを募らせた。とりわけこの事態を引き起こした〈不死鳥のタタキ〉に深い憎悪を抱いた。

その正体が、目の前でうずくまっている男だというのか。

「彼から没収したものだ」

と、鬼界から渡されたスマートフォンを操作する。確かにクォーカのアカウント名は〈不死鳥のタタキ〉であり、マイページの投稿も記憶にある通りのものだった。

冷静に考えれば、スマートフォンがこの男のものとは限らないし、巧妙に偽装された別アカウントかもしれない。だが、猟の正体を突き止めた鬼界なら、〈不死鳥のタタキ〉を特定するくらい容易いだろうと納得していた。

スマートフォンを鬼界に返しながら、猟は訊いた。

「こいつを捕まえてきて、どうする気だ」

「削除する」鬼界は奇妙な言葉を遣った。

「殺す、ってことか?」

「いいや、削除だよ。人間というのはそれ自体が一つのシステムだけど、群れることでより巨大で複雑なシステムを構成する。クォーカという媒体を介して相互作用する、匿名の集団というシステムを思い浮かべてみるといい。その一部を構成するのが〈不死鳥のタタキ〉であり、そこにいる男だ。彼をシステムから削り、取り除く——それには削除という言葉のほうがふさわしいと思わないかな」

「だが、それは要するに——」

「安全圏から人を攻撃し、弄《もてあそ》び、死に至らしめる――そんな匿名の人間たちを、君はずっと憎んできたんだろう。美野島玲を殺した彼らに復讐したかった。言葉による暴力を助長するクォーカを壊したかった。だから絵を描いてその気持ちを表現しようとした。でも、それでは不足なんだ。人は見たいものしか見ないし、考えたいことしか考えないからね」

鬼界の言葉は痛いほど身に染みた。『Predators』も『Remember Predators』も、猟のメッセージを世間に正しく伝えてはくれなかった。むしろ歪んだ意見のぶつかり合いを招き、美野島玲を貶めるデマの拡散に加担してしまった。

「本当に伝えたいことがあるなら、言葉や表現で示すだけでは足りない。何らかの手段で人々に行動を強いる必要がある。世界を制御するんだ」

「制御……」

「肉体的な暴力に対し、言葉による暴力は軽視される。なぜなら言葉というものは曖昧で、状況や解釈によって様々な意味を持ち得るからだ。でも、おかしいと思わないかい。あらゆる言葉が暴力になり得るなら、なぜ言葉を制御しない？　人を殺し、争いを引き起こし、世界を終わらせることもできる力を、なぜ放置している？」

鬼界の言葉は、猟が長いあいだ抱え続けた疑問を思い出させた。

――なぜ、美野島玲を殺した連中が野放しにされている？

「僕は言葉による暴力を世界から取り除きたい。言葉という曖昧なものを律するには、法律よりも厳しく、警察よりも目が効く、超越的な力が必要になる。神様のような存在に見張られているとなれば、人々は慎重に言葉を遣うようになるだろうからね。そこで僕は、まず手始めにクォーカのユーザーに狙いを絞った」

鬼界はタブレット端末を取り出して、画面をこちらに向けた。シンプルなインターフェースの中央に『不死鳥のタタキ　@fushichot』と表示され、その真下に『RUN』という赤いボタンがある。

「これは僕が作ったアプリだ。こうしてクォーカのアカウントを登録できる」

鬼界はその横に男のスマートフォンを並べた。表示されているのはクォーカの投稿画面。たった今書き込んだのか、一つの単語が記されている。

『テスト』

頭の整理が追いつかない猟に構うことなく、

「始めようか」

と鬼界は言って、右手の指先でクォーカの投稿ボタンを押した。『テスト』の文字がマイページに最新の投稿として追加される。続いてタブレットの『RUN』ボタンを押すと、画面上に数字が表れた。

『1』

数字は徐々に増加していく。そのペースは速くなったり、急に緩んだりしたが、『70』を超えたあたりで小康状態に入った。

「この数字は何だ？」

「〈不死鳥のタタキ〉の最新の投稿が、他のユーザーに閲覧された回数だ。もう夜も遅いから、それほど数字も伸びないと思ってたけど、案外早そうだね」

その言葉の意味を考えているあいだにも、カウンターはぽつりぽつりと増加を続け、ついに『100』に達した。

その瞬間、破裂音が部屋の空気を震わせた。

同時に、縛られていた男――〈不死鳥のタタキ〉が、体育座りをしたまま横倒しに倒れた。全身の力が抜けたように横たわって、ぴくりとも動かない。

猟は倒れた男におそるおそる歩み寄ったが、鬼界に制止された。

「近寄らないほうがいいよ。帯電しているかもしれないから」

「……感電、させたのか？」

「そうだ。カウンターが百を超えると装置が起動し、致死量の電流が頭部から流れ込むようになっている。なぜこんな仕組みを作ったと思う？」

猟は答えられない。

「僕はこう考えたんだ」と鬼界は続けた。「罪深い言葉を遣った者たちは、自らの言葉によって裁かれるべきだ、とね。例えば、カウントの対象となる投稿を『削除』のターゲット本人に書かせれば、装置を起動させるのはターゲット自身であり、その投稿を閲覧する他のユーザーたちということになる。匿名の集団という巨大なシステムが、自らの一部を削除するわけだ。古くなった細胞が免疫システムに分解されるような、一種の自浄作用と言えるだろうね。

さて、僕はこのシステムを使ってクォーカに秩序をもたらそうと考えた。罪を犯したユーザーを次々に削除していけば、いずれ他のユーザーたちもそのルールに気づくだろう。そうすれば、すべてのユーザーが自分の言葉に気を遣うようになる。クォーカから、ひいてはインターネットから暴力が消え去るんだ」

何なんだ、こいつは——

猟は恐怖に襲われていた。鬼界の話が理解できないのではない。すべてを理解できてしまったからこそ怖かった。強い抑止力によって言葉による暴力を規制する——鬼界の語った計画は、まさに猟が長年夢想していたものと同じだったのだ。

「ただ残念なことに、その計画には穴があった」

鬼界は自分の胸に手を置いた。

「僕はこの通り、ほとんど子供だ。しかも身体が弱い。人を捕まえて拘束し、さらに装置を仕掛けるような重労働は難しい。その男を捕まえてくるのも大変だったよ。危うくこちらが殺されるところだった」

猟は死体に目を向ける。鬼界と同じくらい小柄で、貧弱そうな身体つきだった。

「僕には計画は実行できない。そこで、計画のために準備したものを誰かに託そうと思ったんだ。僕よりも計画の実行に適する人物に」

「それが、俺なのか」

「君は見るからに体格に恵まれているし、他者を威圧する才能がある。そして最も重要なことに、僕と似通った思想を持っている」

鬼界はどうやって猟の思想を知ったのだろうか。頭の中を覗かれているようで気持ち悪かったが、その指摘が正しいことは認めざるを得なかった。

「事情があってアカウントの特定方法は明かせないけど、それ以外なら装置もシステムも情報もすべて提供しよう。僕も可能なかぎり助力する。ただ、引き受けるかどうかは君次第だ。かなり無茶なお願いだからね」

返事はとうに決まっていた。

「わかった。協力してやる」

「いいのかい？」

「願ったり叶ったりだ」

ここで鬼界に会わなかったら、世界への絶望を抱えたままどこかで野垂れ死んでいたかもしれない。この怒りを、この苦しみを、世界というキャンバスに叩きつけられるなら、その後で自分がどうなろうと構いはしなかった。

鬼界はおもむろに左手を差し出した。猟は少し違和感を覚える。

「左利きなのか？」

「いや、こっちには古傷があるんだ。君を不快にさせたくない」

「……そうか」

猟は鬼界の左手を握った。子供みたいに華奢な手だった。

「ありがとう」と鬼界はあくまで事務的に言った。「さっそくだけど、ターゲットを決めてもらいたい。個人の特定には少々時間がかかるからね」

「ああ、それなら――」

猟はクォーカの検索窓に『美野島玲』と打ち込み、ワード検索を開始した。


その夜に猟が挙げた、美野島玲を批判した複数のアカウントを、鬼界はものの一週間ですべて特定してみせた。猟は個人情報がリストアップされた紙を眺めながら、改めて得体の知れない人間だと思った。

それから数ヶ月間は準備にあてた。鬼界が用意した様々な装置の使い方を学び、ターゲットを制圧して拘束する流れを何度も訓練した。

訓練の相手を務めたのは、鬼界が助手として雇っているという無口な女、タチバナだった。細身ながら筋力があり、体術の心得があるらしく身のこなしが巧みで、猟にとっては格好の練習相手だった。

ある日の訓練後、タチバナは取っ組み合いで乱れた服を直し、フレームの細い眼鏡をかけ直しながら、今回の反省点を踏まえたアドバイスを告げた。

「スタンガンはそれほど効き目が長くない。電撃を浴びせたら、すぐに口を塞いで。手足を縛るのはその後でいい」

「わかった。ところで、鬼界はどうして計画をあんたに託さなかったんだ？」

「私は傍観者。それ以上のことは、許されていない」

どういう意味だろうと思ったが、そのときはあまり深く考えなかった。

最初のターゲットに〈momochi〉――姪浜陽子を選んだのは、彼女がVチューバー〈姪浜メイノ〉として配信を行うという情報が入ってきたからだ。しかも全身タイプのモーションキャプチャを使うという。配信中に3Dアバターの首を切り落とすというアイデアを思いついたのは鬼界だったが、それを採用したのは猟だった。

人違いがあってはいけないので、本番の前に姪浜のマンションを訪れ、彼女の部屋番号と顔を確認した。さらに運送業者を装って挨拶し、その声が〈姪浜メイノ〉と一致することを確かめた。

実行の前日、車の中で鬼界はこう切り出した。

「今後、犯行声明を出す必要があるけど、名乗りたい名前はあるかい?」

猟は窓の外に目を向けて、かつて自分が書いたテキストを想起していた。

――あなたがいるこの世界で、あなたを観測し続けることが俺の使命です。

「観測者」

猟は言った。車窓を流れる、彼女のいない世界を眺めながら。

＊

底辺ポリス　@bottompolice 20XX/04/20 23:30

『私の見解ですが、当時の美野島玲の言動には大麻依存症特有の情緒不安定、学習能力の低下が見られました。依存症により精神病を発症し、自殺に至ったものと思われます。捜査中につき詳細は伏せますが、彼女と映画で共演した俳優Rにも大麻使用の疑いがあります』

『薬物中毒者は、薬物の害による被害者であると同時に、薬物の害を広める加害者でもあります。美野島の死は美しい悲劇ではなく、因果応報の物語なのです』

七月二十二日、金曜日、午前三時。名古屋市内のマンションの一室。

衝撃が猟の下顎を突き上げた。

肘鉄を食らったと気づいたときには、ターゲットの男は猟の下から這い出し、部屋の外へと駆け出していた。数秒遅れで猟はその後を追う。

「おい、待てっ」

四人目のターゲット、中洲《なかす》信宏《のぶひろ》。

クォーカでは自称現役警官の〈底辺ポリス〉を名乗り、違法な薬物に手を染めているという芸能人を告発している。だが、実物はどう見ても平凡な大学生だった。

ほんの一瞬の油断だった。中洲の手足にテープを巻こうとしたときに、ふとあの絵のことを思い出して、注意が逸れてしまったのだ。悔やんでも悔やみ切れない。

計画をスタートさせてから初のトラブルにして、最悪の状況だった。このまま中洲が警察に出頭してしまったら、あるいはこの追跡劇を誰かに目撃されてしまったら、計画はたちまち水泡に帰す。

幸いにして、マンションの廊下には他に誰もいなかった。

直線で一気に距離を詰め、中洲のTシャツの背中に手を伸ばす。風にひらめく裾をつかもうとした瞬間、彼はひらりと横に飛んだ。

急な方向転換についていけず、数歩たたらを踏んだ猟は、中洲が階段のほうへと消えていくのを視界の端に捉え、床を蹴った。

階段にたどり着いたときには、中洲はすでに一つ下の踊り場にいた。

このままでは追いつけない。そう判断し、躊躇なく飛んだ。

数メートルの高さから降ってきた猟に突き飛ばされ、中洲はコンクリートの床に倒れた。そのまま彼を押さえつけ、腰のスタンガンを探る。

——ない。

思わず舌打ちした。追跡中に落としてしまったらしい。ならば殴って大人しくさせるまでだ。

拳を固く握りしめたとき、視界に鮮やかな色が映った。

中洲の額から一筋の血が垂れて、右眼に流れ込んでいる。赤く濁った眼。

美しく舞う、赤い眼をした少女——

網膜に焼きついたあの絵が思い出されて、一瞬、腕の力が緩む。

その隙をついて中洲が身体をよじり、拘束を逃れた。とっさに手を伸ばしたとき、首筋に何か冷たいものが押し当てられた。

激痛が走る。

無数の火花の散る視界に、遠ざかっていく人影が映った。

落としたスタンガンを拾われていたこと。このままでは中洲に逃げられてしまうこと。自分が逮捕され、計画が失敗するであろうこと。懸念すべきことは山のようにあったが、猟の頭を占めていたのはある疑問だった。

——なぜ俺は、あいつを殴れなかった?

「あの動画の厄介なところは、本物であるという証拠と、偽物であるという証拠を併せ持ってるところだった」

夕暮れの住宅街を歩きながら、仁は語った。

「部屋の鍵を管理していた荒戸は、部室でフェイク動画の撮影が行われたことはないと証言した。彼にはそんな嘘をつく理由がないから、これは信じていい話だと思う。すると、あの動画は本物の暴行シーンということになるけど、そんなわけがないんだ。動画の中の赤坂は、本物の彼が着ていないはずの校章のないシャツを着ていたし、音声も合成されていた。動画には明らかな作為があるにもかかわらず、撮影は不可能だった」

「そっか、矛盾してたんだ」

隣を歩く拓郎は呟くように言って、額の汗をハンカチで拭った。

仁は頷いて、話を先に進める。

「でも、つい最近、あの動画を撮る方法がわかった。なぜ偽赤坂は学校指定のシャツを着なかったのか、という問いが重要だったんだ。偽者の御所ヶ谷は、本物とそっくりの青いジャージを着ていた。動画の信憑性を上げるためにジャージを入手するほど慎重な犯人が、誤って校章のないシャツを撮影に使ったとは考えられない。犯人には校章入りのシャツを使えない理由があったたんだ」

――その一、シャツの校章の色。その二、顧問のジャージの色。

「学校指定のシャツに刺繍された校章は緑色だった。校章入りのシャツを映せないということは、緑色の物体を映せない、という意味でもある。僕はそういう状況を一つ知ってるし、拓郎もよく知ってるはずだ」

「ク、ク、ク、クロマキー合成だね」

映像の合成技術としては古典的だが、今でもＴＶ番組や映画の撮影などで多用されている。方法としては、まずグリーンバックやブルーバック――緑や青の幕を背景として人物の動きを撮影する。それから映像内の特定の色をした領域を、別の映像で置き換えることで、背景を自由に変えるというものだ。

高校の映画研究部でもこの手法を使っていた。文化祭で上映した映画の、巨大化した主人公が番長を踏みつぶすシーンだ。校庭を撮った写真に、主人公を演じる部員の映像を合成し、まるで主人公が校舎より大きくなったような映像を作った。

――そして最後の大ヒント、この映像には動きがない。

「クロマキー合成において、合成する背景は静止画であっても構わない。部室で着替えているとき、こっそりロッカーの写真を撮ればいい。それだけなら他の部員に気づかれることもない。こうして犯人は、フェイク動画の素材となる背景を手に入れた」

しかし、犯人はその後、クロマキー合成の特性に苦心することになる。

クロマキー合成では、特定の色を抽出して置き換えるという処理を行う。映像に登場する人物が『特定の色』をしたものを身に着けている場合、背景だと認識されて透けてしまうのだ。

「グリーンバックを使うとしたら、緑色の校章が入ったシャツは映せない。かといってブルーバックを使えば、偽御所ヶ谷の青いジャージが透ける。さすがにそれはまずいから、消去法でグリーンバックを選ぶことにしたんだろう」

ちなみに、クロマキー合成に使われる幕の色は、基本的には緑と青の二種類で、「レッドバック」のようなものはない。赤は人間の肌の色と近いからだ。

「あの動画の合成は完璧だった。荒戸が動画の嘘に気づけたのは、彼が赤坂をよく知っていたからだ。同じサッカー部の仲間だったからこそ、動画の赤坂の声やシャツに違和感を覚えた。僕や拓郎みたいな部外者が、あの動画を見ただけでフェイクだと見抜けるわけがない」

それなのに、拓郎はあの動画がフェイクだと言った。「どう考えても不自然」とまで断言した。そこには明白な嘘が含まれている。

拓郎は最初からあの動画がフェイクだと知っていた。なぜなら――

「あの動画を作ったのは、君だったのか」

「うん」

拓郎はあっさりと認めて、遠い日々を思い出すように空を仰いだ。

「高二の夏休みに入る前だったかな。サッカー部のクラスメイトが僕のところに来て、ある音声に合わせた映像を撮ってほしいって頼んできたんだ。文化祭の映画を編集したのが僕だと知ってたんだろうね」

その音声は、御所ヶ谷が「クラスメイト」を激しく罵り、暴力を振るう音声だった。

「音声だけじゃ、自分が御所ヶ谷先生にされたことを正しく伝えられない――彼はそう言って僕を説得した。詐欺の片棒を担ぐようなものだし、正直気は進まなかった。でも、あのときの僕には、彼を見捨てることは絶対にできなかったんだ」

当時の拓郎の気持ちは十二分に理解できた。

サッカー部、暴力。その組み合わせが、彼の古傷を再び開かせたのだ。

「映研の機材をこっそり持ち出して、部活がない日の放課後に二人で撮影した。僕は御所ヶ谷先生の役をした。本気でやってほしいって頼まれたから、嫌だったけど、彼を殴ったり蹴ったりした。お腹にはクッションを詰めてたし、蹴ってたのはあまり痛くなさそうな部分だったけど、それなりに痛かったと思う」

かくして動画は完成したが、最終的に「クラスメイト」は拓郎を裏切った。

「元々、音声には手を加えない約束だった。でも、学校に広まった動画は、彼が喋ってる部分に赤坂くんの声が当てられて、赤坂くんが暴行を受けてるみたいに作り変えられてた。――彼は怖かったんだと思う。告発者になる恐怖から逃げたくて、その責任を赤坂くんに押しつけたんだ。彼のことは卑怯だと思ったけど、何も言えなかった。彼に協力することを決めた時点で僕も同罪だったから」

拓郎の意に反して広まったその動画を、奇しくも仁がネットの海に放流した。サッカー部、暴力。その二つの言葉に突き動かされるがままに。

「僕があれをクォーカに上げたとき、拓郎はどう思った？」

「頭を抱えたね。あの動画が世間に広まるのが怖かったし、結果的に仁を悪事に加担させてしまったことを後悔した。――でも、仁はそうじゃなかった。後悔なんてしてなかった。先月東京で会ったとき、そう気づいたんだ」

胸を抉られるようだった。

情報拡散の暴力性に目をつぶり、デバリングシステムは弱者の武器だと得意げに語っていた自分が、この上なく浅ましい存在に思えてくる。

「だから拓郎は、あの動画をフェイクだと言ったのか。僕の罪を自覚させるために」

「そこまでは考えてなかったよ。昔の自分がやったことに、ちょっとでも疑いを持ってくれたらそれで十分だと思ってたし、ここまで仁を悩ませるつもりもなかった。押しつけがましいことしちゃって、ごめん」

「……いや、ありがとう。気づかせてくれて」

十年前に足を止めた場所から、ようやく一歩踏み出せた。そんな気がした。

「僕はずっと、自分の行為が正しかったと信じたくて、暴力が悪意から生じるという考えに固執してきた。でも実際は、暴力は無自覚に生み出されるし、善意が暴力を生むこともある。あのシステムでは不十分だし、かえって逆効果だ」

先月のあの日、F市に記録的な豪雨が降っていなかったら、飛行機は何事もなく飛んだだろうし、仁は拓郎に会いに行くことなく東京を出発していたはずだ。もしそうなっていたら、仁は御所ヶ谷の死を自業自得と捉えて、デバリングシステムを肯定する材料の一つにしていたかもしれない。そう考えるだけでぞっとする。

　すると、しばらくして拓郎は言った。

「僕は、言葉の暴力を完全になくすことなんて絶対にできないと思う。でも、あらゆる言葉が誰かにとって暴力になるとしたら、その逆も言えるんじゃないかな。あらゆる言葉が誰かにとっての救いになる、って」

「救い……」

「仁はちょっと真面目過ぎたのかもしれないね。仕事柄、匿名の悪意ばかりを研究してきたから、匿名の善意に目を向けられなかったんだ」

　曲がり角の先に見えたのは、色とりどりの花束だった。

　花束の他には、お菓子やジュース、メッセージカードなどが一棟のマンションの前に山積みにされていた。『ありがとう』の文字が無数に踊っている。

　このマンションで殺害された姪浜陽子――〈姪浜メイノ〉のファンが供えたものだろう。ここに置かれてから日が経っているのか、それらの多くは雨や泥を吸い込んで、路傍のゴミ然としている。

「近所の人には迷惑かもしれないけど、彼らの想いを暴力とは呼べないよ」

　そう言って、拓郎はポケットからＵＳＢメモリを取り出すと、赤髪の少女二人のイラストが描かれた色紙の前に置いた。

亡くなった彼女のために新しく作った曲、と拓郎は説明した。

「もう歌ってもらうことはできないけど、せめて聴いてほしいと思って」

拓郎はその場で手を合わせ、瞑目した。

楽曲提供者として〈姪浜メイノ〉と交流があった拓郎と違い、仁は彼女とは会ったことすらない。帰省のついでに姪浜陽子の実家を訪ねた拓郎に付き合っただけだ。

それでも仁は拓郎に倣って手を合わせ、祈った。

――どうか彼女の旅路が、善意に満ちたものでありますように。

二人で駅に戻った後、訊き忘れていたことを思い出した。

「ところで、あの動画の再生時間はわざとなのか？」

一分九秒――正確には、一分九秒六。六十九秒六と書けば、〈６９６〉に通じる。拓郎は高校時代からこの名前でインターネットに楽曲を投稿していた。

拓郎はばつの悪そうな顔をして、苦笑した。

「うん。だから、あんまり仁を責められないんだ。あの動画を撮るのが嫌だったのは嘘じゃないけど、正直言って、楽しんでたことも否めないからね」

デバリングシステムのリリース反対は撤回する、と仁は相生に告げた。

「ＤＳがデマの拡散を助長するのは事実ですが、それが性悪説を前提にした、負の一面でしかないことに気づいたんです。実際には、人には悪意も善意もある。このシステムによって傷つく人を超えるくらい、救われる人がいるかもしれない」

「傷つく人のことは切り捨てることにしたの？」

冗談めかして訊いてきた相生に、仁は毅然として応えた。

「違います。ただ、信じることにしたんです」

「何を？」

「――人間を」

拓郎の告白を聞いてから、もっと気楽に生きてもいいのかもしれない、と考えるようになった。人間の悪意に目を向けて悩み続けるのは辛いことだ。人間の善意を信じて突き進んだほうが「楽しい」のは間違いない。フェイク動画制作に罪悪感を抱きつつも、結局はちゃっかり楽しんでいた拓郎のように。

ふうん、と相生は気のない相槌を打って、

「でも実際問題、信じるだけじゃ暴力はなくならないよ。鳥飼くん、言葉による暴力をなくすにはどうしたらいいと思う？」

「不可能です」

あらゆる言葉が誰かにとっての暴力になる、と拓郎も言っていた。

「じゃあ、これは宿題ね。修正版ＤＳのプレゼン準備も忘れないで」

相生が言い終わるかどうかのところで、背後から馴染みのある声がした。

「面白そうな話だね」

全身に緊張が走る。振り向くと、予想通りの人物が立っていた。

「暴力は他者への無理解から生じる。互いをよく知ること——社会の透明性を高めることが暴力の抑止に繋がると私は思うんだが、君はどう思う。相生さん」

白髪交じりの髪を上品に撫でつけた初老の男が、低いハスキーボイスで問いかける。彼の隣には妻である副社長も控えていた。

相生は穏やかな笑みを崩さないまま、泰然として応じた。

「ほんの少し見解の相違がある、とだけ申し上げます」

「ずいぶん他人行儀な答えだが、教えてはくれないのかい」

「ええ」

「——なるほど。少しどころか、私の真逆ということか。面白い」

株式会社クォーカ代表取締役社長、今津正《ただし》は口の端を吊り上げて笑った。

追跡者

七月二十九日、午後八時。

金曜日の夜とあって、オフィス街の中心にあるH駅近辺は仕事帰りの会社員で賑わっている。唯は駅に背を向け、飲食店の立ち並ぶ明るい夜道を歩いていた。

「一真さん、何か動きはありましたか？」

喧騒に紛れるくらいの小声で囁くと、マイク付きイヤホンから彼の声がした。

『誰もいない。どう見ても廃墟だな、あれは』

「まわりに気をつけてくださいね。見つかったら危険です」

唯がH駅から徒歩で雑居ビルへ向かう一方、一真はあらかじめビルの周辺に待機し、行き交う人々に目を光らせていた。もし〈観測者〉らしき人物が現れたら、一真がその顔を撮影して唯に送信する手はずになっていた。

『もちろんだ。君も気をつけてくれ。そっちの役割も十分に危険だ』

唯は一真との通話に使っている自前のスマートフォンとは別に、〈RedBird〉にDMを送るのに使ったダミーの端末を持っていた。〈観測者〉がすでにダミー端末に侵入していたら、唯の位置情報は筒抜けになっているわけで、今この瞬間に急襲されても文句は言えない。そこで互いの状況を常時確認するために、目的地のビルに着くまで通話を繋げておくことにしたのだった。

もっとも、一真は道中の安全については楽観視しているようだ。

『この三日間、〈観測者〉には君を殺すチャンスがいくらでもあった。それなのに今日まで手を出さなかったのは、人目につくのを恐れたからだろう。それほど慎重な犯人が、街中でいきなり襲いかかってくるとは思えない』

「仕掛けてくるとしたら、ビルの近くってことですね」

『実質、俺が一番危険ってことだな』

一真は声を抑えて笑った。

彼が危険を冒してまで協力してくれる理由については、あまり深く考えないようにしていた。もし真実を知ったら、決心が揺らいでしまいそうだったから。

「危険と言えば、今日は特に危険ですね。金曜日だから」

『ああ、先週の被害者もそうだったな』

〈観測者〉の四人目の被害者は、中洲という愛知の大学生だった。例によって「手作りの殺人装置」によって生命を絶たれていたという。四件目の殺人が起こった後から、報道統制の効力が切れたのか、各メディアが一斉に事件の詳細を報じるようになった。運送業者を装って部屋に押し入り、スタンガンで襲い、毎度異なるタイプの殺害装置に拘束するという一連の手口も公開され、その猟奇性が世間を震撼させた。

そして、中洲が殺されたのは他の三人と同じく金曜日だった。

『毎週同じ手口で、同じ曜日に人を殺すというのは、〈観測者〉が己に課したルールなんだろう。

今夜、ここで誰かが死ぬってことだ』

　誰かが、死ぬ。

　その言葉の重みが唯の背中を押した。仮面を被ったまま永遠の別れを迎えたくはない。赤信号になった横断歩道の前で切り出した。

「――一真さんに、ずっと隠してたことがあるんです。私には夢があるってこと、前に話しましたよね。でも、その内容までは話せなかった。このことは本当に親しい人にしか話してません。陽子もその一人でした」

『それを、俺にも教えてくれるのか？』

「はい」

　鼓動が早くなる。それを話せるなら、きっとそういうことなのだろう。

　私は、他の誰でもなく、こうして話をしている彼のことを――

　揺れる思いを振り切って、唯は最後の仮面を剝がした。

「私は、社長になりたいんです」

　車道を挟んだ向かいのビルの壁面には、大きな広告がライトアップされている。重なり合った三つの青い円。そこはクォーカの本社が居を構えるオフィスビルであり、唯の両親の職場でもあった。

「私の父はクォーカの社長で、母は副社長です。父は私が小学生のときに元の会社を辞めて、クォーカを立ち上げました。強い力で結びつくことで、現在の宇宙を成り立たせているクォークみたいに、コミュニケーションで世界中の人々を結びつけて、世界に平和をもたらしたい――父は起業した理由について、幼い私にそんなふうに語り聞かせました。今考えると綺麗事すぎるというか、娘に対する方便みたいな感じが否めないですけど、そのときの私にとっては魅力的な理念でした。将来は私が両親の後を継いで、世界をより良くしていきたい。そう思ってたんです」

だが、成長するにつれて唯は世界の複雑さを知ることになった。

「人と人を繋げることが、必ずしも平和に繋がるとは限らない。むしろ悪意の伝染を加速させてしまうこともある。そのことに薄々気づき始めたとき、〈RedBird〉の絵に出会ったんです」

匿名の一個人が世界に放った、人の魂を震わせるような、強烈な表現。

「クォーカの社長みたいに大きな力を持っていなくても、人の心を動かすことができる。世界に影響を与えることができるって気づいたんです。クォーカに絵を投稿するようになったのは〈RedBird〉に憧れたからですけど、社長になること以外で世界を動かせる人間になりたい、って思いもありました」

『だが、君の名前は〈OnlyNow〉だ。自分でそう名付けた』

「いずれ社長を目指すんだったら、絵は諦めるしかないって思ってましたから」

『よくわからないな。それは両立できないのか?』

改めて考えてみると、なぜそう思い込んだのか上手く説明できない。社長は忙しいと思っていたからだろうか。いや、きっとそんな単純な理屈ではなくて――

「一人の人間が、世界に影響を与えられる力をいくつも持つべきじゃない――そう思ったんだと思います。ちょっと大袈裟な話ですけど」

『いや、俺もそう思う。一人が大きな力を持つのは良くない。権力や影響力は、もっと薄く広く分散していたほうがいいんだ』

「インターネットは分割すべきだって、一真さんが前に言ってましたね。実は私も、ずっと昔から同じことを考えてたのかもしれないです」

『気が合うな』

「そうですね」

信号が青になる。横断歩道を渡りながら、ずっと下を向いていた。緩み切った口元を誰にも見られたくなかったから。

歩みを進めるにつれて、すれ違う人々の数は次第に減っていき、道幅も狭くなってきた。ぽつぽつと設置された街灯だけが寂しい夜道を照らしている。

一真さん、と闇の中で呼びかける。

「私は一真さんの目的を本当に理解できてるわけじゃありません。でも、力になりたいって思ってます。そう仕向けられたからじゃなくて、自分の意志で」

『どういう意味だ？』

「上手く話せなくてごめんなさい。これが終わったら、ちゃんと話を――」

唯の言葉を遮るように、一真が押し殺した声で囁いた。

『誰か来る』

一真はそれきり押し黙り、どこかへ移動しているようだった。彼の息遣いだけが微かに聞こえる。ただならぬ緊張感に唯の歩みも自然と早くなった。

地図アプリで目的地までの距離を確認する。徒歩で十分程度だが、走ればもっと早く着くだろう。しかし、バッグの中にはダミー端末がある。移動速度が急に上がったら〈観測者〉に異変を悟られるかもしれない。

「一真さん、大丈夫ですか？」

唯が訊いても返事はなかった。声を発せる状況ではないのだろう。

膨らんでいく不安が胸を締めつけたそのとき、彼の声が聞こえた。

『大丈夫だ。もう撒いた』

「……良かった」

『俺がうろついてるのに気づいたのか、奴がビルから出てきたから、別の場所に隠れただけだ。まだ見つかってないと――』

彼は不意に言葉を切る。息が詰まるような数秒間の沈黙の後、呟いた。

『来た』

肺から空気を絞り出すような呻き。硬い衝突音。激しいノイズ。

「一真さん！」

唯の呼びかけも虚しく通話が切れた。何かの間違いであってほしいと願いながら、すがるような気持ちで再び電話をかけるが、繋がらない。

ごとん――頭の中で音が鳴る。

床で跳ねる陽子の生首。ほんの数十秒の差で救えなかった親友。

動画を見てすぐに通報していれば。タクシーの運転手への説明に手間取らなければ。マンションに入る前に転ばなければ――無数のｉｆに囚われて、後悔の沼に沈んでいた日々のことを思う。

今度こそは失敗したくない。絶対に、彼を助ける。

唯は夜の中を駆け出した。

目的地までのルートは頭に叩き込んでいたから、道に迷うことはなかったが、走り出して間もなく息が上がってしまった。脇腹に嫌な痛みを感じる。

肩にかけたトートバッグが邪魔だったので、適当な植え込みに放り投げた。必要なものは身に着けているので構わない。左ポケットには自分のスマートフォン。そして右ポケットには、今夜のために持参した武器が収まっている。今からこの武器だけを頼りに、一真を襲った人物と相対するのだ。

たまらなく怖い。でも、引き下がるわけにはいかない。

私が彼を選んだのだから。彼を信じる道を、選んだのだから。

やがて目指す雑居ビルが現れた。薄汚れた外壁からして廃墟にしか見えないが、一つだけ明かりの灯った窓があった。二階の窓だ。

建物の正面に階段の入口があった。申し訳程度に張り渡されたロープを跨《また》ぎ、コンクリートの階段を駆け上がる。足音を忍ばせるという発想はもはやなかった。

階段を上がるとすぐ正面にドアがあった。それ以外に入口はない。

この向こうに、いる。

ドアノブに手を伸ばした。冷たい金属の表面で指先がぬるりと滑り、ぎょっとして手を引っ込める。わずかな明かりの中で確認すると、手のひらが黒っぽい液体で濡れているのがわかった。おそるおそる嗅いでみると、鉄錆のような匂いがした。

血だ。

恐怖が全身を駆け巡る。

怖い。行きたくない。今すぐここから帰りたい――

だが、身体は勝手に動き続けた。血塗られたドアノブを握りしめ、室内へと足を踏み入れる。暗い通路の先に見える光に向かって、夢遊病者のように歩いていく。

やがて、明るい空間に出た。

広い部屋の中央には一人の男がいた。長身を折り曲げて、さらに右に傾いだ姿勢で椅子に腰かけ、脇腹に手を当てている。Ｔシャツは赤黒い血で染まっていた。足元には血で汚れたナイフが落ちている。

筋肉の張った分厚い身体つき。眼鏡のレンズ越しに見える落ちくぼんだ目。

間違いない。陽子のマンションで見かけた運送業者の男だ。

「来たか……」

低く唸るような、苦しげな声で男が言った。

唯は男のほうへ慎重に歩み寄りながら、右ポケットに手を入れた。細長くて硬いそれをいつでも使えるように握りしめ、問いかける。

「――あなたは、〈RedBird〉ですか？」

「ああ」

「あなたは、〈観測者〉？」

「そうだ」

「一真さんはどこにいるんですか？　さっきあなたが襲った、あの男の人は」

「死んだ」

身体が凍りつく。世界が色を失う。

一真が、死んだ。

「俺が殺した。死体は、そっちの部屋だ」

〈観測者〉は浅く呼吸しながら、途切れ途切れに話した。

「……嘘」

「そう思うなら、見てみればいい」

部屋の奥にあるドア。自分にはそれを開けることができないとわかっていた。

ごとん。頭の中で繰り返される音が、唯の両足を床に縫いつけている。

「どうして……殺したの？」

「奴が、おまえの仲間なのは、わかってた。だから先に、奴を殺した。だが、抵抗されて、腹を刺された。最悪だ。なあ、救急車を、呼んでくれないか」

頭の中が怒りで真っ白になった。

「何を――」

「俺が死ねば、おまえは人殺しだ。俺と同じだ。おまえは、それでいいのか？」

「――あなたとは違う。あなたは罪のない人をたくさん殺した」

「奴らは、人殺しだ。姪浜陽子も、そうだ。ああいう人間は、いつか、人を殺す」

うるさい。不快だ。今すぐこの口を黙らせたい。

右ポケットから取り出したものを構えつつ、男に歩み寄る。

「何をする気だ」

「あなたが殺してきた人たちに――陽子に、謝って」

「俺は、正しいことをした。これが、俺の表現だ」

どこまで勝手なのだろう。彼はもはや唯が憧れた〈RedBird〉ではない。自らの罪を耳障りのいい言葉で正当化し陶酔に浸る、卑劣な殺人者だ。

「私はあなたに憧れて、絵描きになった。でも、あなたがこんな人間だって知ってたら、絵なんて描かなかった」

〈観測者〉は顔を歪めて笑った。

「たいした腕じゃないだろう。最近のあれなんか、ひどかった。あの女の絵」

「〈姪浜メイノ〉の？」

「ああ」

陽子の遺した動画をもとに描いた〈姪浜メイノ〉のイラストを、唯はクォーカに投稿していた。亡き友人への追悼として世間の反応は好意的だったが、アートとしての価値は自分でもわからなかった。〈RedBird〉の審美眼には適わなかったのだろうか。

軽薄だ、と〈観測者〉は吐き捨てた。

「見てくれだけで、中身がない。あれを表現とは、認めない。あんなもので、人の心は動かない。絵描きなんか名乗るな。不愉快だ」

唯は男の眼を覗き込む。不健康に濁った眼が、揺れた。

「――どうして、嘘をつくんですか？」

人の嘘を見抜けるような鋭い観察力は持っていない。それでも、唯のイラストに関して、目の前の男が嘘を言っていることは確信していた。唯のイラストをこき下ろす男の表情に、自らの意に反した言葉を発しているかのような、一抹の苦悩を見たからだ。

だったらなぜ、そんなことを言わなくてはならなかったのか。

――答えは一つだ。

唯は〈観測者〉の眼鏡を乱暴に外して訊いた。

「本当のことを話してください。あなたは、死にたいんでしょう？」

男の顔に絶望の色が広がった。弱々しく掠れた声で、何で、と呟く。

「何で、殺してくれないんだ……」

なぜ彼女は俺を殺してくれないのだ。親友の仇である俺を。

猟は朦朧《もうろう》とした意識の中、一週間前の出来事を思い出す。七月二十二日。〈底辺ポリス〉、中洲信宏の反撃に遭い、彼を取り逃がしかけたときのことだった。

観測者

＊

中洲は猟にスタンガンを浴びせた後、階段の踊り場を曲がって姿を消した。猟は痛みのあまり床にうずくまったまま後悔していた。

――ターゲットに逃げられた。

鬼界のサポートには期待できない。彼は「削除」の実行には関わらないと明言していたし、中洲を捕まえられるような身体能力もおそらく持ち合わせていない。

ようやく体が動かせるようになり、失意の中でコンクリートの床から身を起こしたとき、眼鏡の骨伝導イヤホンから鬼界の声がした。

『追わなくていい。君は部屋に戻ってくれ』

「ああ?」

『中洲はもう捕まえた』

半信半疑で元の階に戻ったとき、ちょうどエレベータが到着した。

現れたのは鬼界の助手、タチバナに連行されている中洲の姿だった。彼の首筋には背後からスタンガンが押し当てられている。

「おまえは手を出さないんじゃなかったのか？」

タチバナに訊くと、彼女は無表情に答えた。

「私に許されているのはここまで。後はあなたがやるの」

猟は二人に続いて廊下を歩きながら、あの絵のことを考えていた。

赤い眼をした少女――〈姪浜メイノ〉が踊る姿を描いた〈OnlyNow〉の追悼イラストだ。先日クォーカに投稿されたその絵を見てからというもの、喉に魚の小骨が引っかかったような感覚が続いていて、〈観測者〉としての活動にいまひとつ身が入らなかった。中洲を追い詰めた挙句に取り逃がしてしまったのもそのせいだろう。

――今さら罪を悔いているのか？

猟はすぐにその考えを打ち消す。あり得ない。罪の意識などひとかけらも残っているはずがない。今の自分は世界への憎悪をエネルギーとして駆動する一つのシステムであって、とうに人間でいることを辞めているのだから。

中洲の部屋に戻ってからの作業は予定通りに進んだ。タチバナによほど痛めつけられたのか、中洲は魂が抜けたようになっていて、身体を拘束され、金属製の首輪をセットされるまで身じろぎもしなかった。

猟は中洲にスマートフォンを渡し、クォーカにテキストを投稿するように命じた。殺害装置を起動させるのに必要な手順だったが、中洲の指は一向に動かない。

「五分経ったぞ。何のつもりだ？」

ガムテープで口を塞がれた中洲は、ぎらついた眼で猟を見上げた。それからテキストを素早く入力し、画面を突きつける。

『嫌だ。これを書いたら、俺を殺すんだろ』

その後、中洲はすぐさまテキストを消去した。

「何でそう思うんだ？」

『あんたはルールに従ってる。ネットで見た。被害者はみんな殺される前にクォーカに遺書を上げてる。例外はない。つまり、あんたはそのルールに従わなくちゃいけない。俺が何も投稿しなかったら殺せない。そういうことだろ？』

物理的な脱出を諦めたと思いきや、今度はこちらの心理を突いて抵抗を続けるつもりらしい。これまでのターゲットと違って、なかなか肝が据わっている。

もっとも、猟にとっては痛くも痒くもないことだったが。

「そうか。なら、俺が代わりに書くだけだ」

中洲の手からスマートフォンを奪い、適当な言葉を打ち込む。『さよなら』。その画面と、猟が取り出したタブレットを青年の前に並べる。

「この際だから教えてやる。俺がこいつを投稿して『RUN』ボタンを押せば、アクセス数の計測がスタートする。こっちのタブレットにアクセス数が表示されて、それが百を超えると装置が起動し、おまえは死ぬ。本当はおまえの言葉を使いたかったが、協力しないなら別に構わない。おまえが遺言を遺すチャンスを失うだけだ」

中洲は最後の力を振り絞るようにして暴れ出した。身体を激しく揺らし、左右によじる。だが、その程度で破れる拘束ではない。

「始めるぞ」

猟はクォーカの投稿ボタンを押し、それから『RUN』ボタンを押した。

計測開始。死へのカウントアップが始まる。
26、27、28――
徐々に増えていくアクセス数を眺めていると、ようやく大人しくなった中洲がこちらを見上げていることに気づいた。額から流れた血は固まり、顔を汚している。血走った眼で猟を睨む、その表情には見覚えがあった。

美野島玲が死んだ夜、鏡に映った自分の姿――

はっと我に返ったときには、猟は先程の投稿を削除していた。

『どうしたんだい？』

鬼界の声が響いた。人間らしさのかけらもない、機械的で冷たい声。彼も当然、眼鏡に内蔵されたカメラを通して猟の行為を見ていたはずだ。

「俺はここで降りる。あとはおまえたちで勝手にやれ」

『急な話だね。理由を聞かせてもらってもいいかな』

鬼界はさして興味がある様子でもなかったが、猟は応えた。

「やっと気づいた。俺は……人を殺したくない」

〈OnlyNow〉が描いた〈姪浜メイノ〉のイラスト。そこに込められている感情が猟には理解できてしまった。かつて自分も同じように死者を想って絵を描いたから。美野島玲を失った哀しみを、そして彼女を殺した者たちへの怒りを込めて。

匿名の群衆というシステムの一部でしかなかった〈OnlyNow〉が、猟の心の中で一個の人格として立ち現れる。眠っていた共感回路が発火し、燃え広がっていく。

〈momochi〉、〈三八式〉、〈甘味料〉――猟が殺してきた三人もまた、人間だった。そんな当たり前のことを今まで認識できなかった。

あるいは、認識できないように仕向けられていたのか。

「鬼界、俺の目を塞いでいたのは、おまえなのか?」

頑《かたく》なに『殺人』という言葉を避け、『削除』と言い換えてきたこと。

複雑な装置と起動システムを使って、殺人の実感を限りなく薄めたこと。

ターゲットの死と死体が、猟の目に触れないようにしてきたこと。

いずれも、猟の罪悪感を抑制するための処置だったのではないか。

『本当はもう少し犠牲者を増やしてほしかったんだけどね。君のシステムが限界を迎えてしまったのなら仕方がない。終了処理を始めようか』
「何だと?」
『タブレットを見てごらん』
鬼界に促されて、訝りつつ画面に目を戻した猟は、驚愕した。
84、85、86——
「おい、何で止まってないんだ」

投稿はすでに削除されたのだから、アクセス数の計測も止まるのが道理だ。だが、現実として数字は増え続けている。

どうしたら起動を止められる?

『装置を止める方法はないよ。少なくとも、タブレットからはね』

鬼界の言葉を聞き流しながら、床にある十センチ四方の白黒の箱に目を向ける。発信機だ。起動信号を受信機へ送らせなければ、殺害装置は起動しない。

脚を振って、発信機を思い切り遠くへと蹴り飛ばす。

『残念だけど、それも無関係だ』

これも嘘だったのか?

次々と覆される前提に混乱しながらも、猟は次の策に動いた。

殺害装置といえど、単なる機械だ。電力供給を断てば動かない。

装置に繋がっている電源コードをつかみ、勢いよく引き抜いた。

『惜しかったね。今回はバッテリー式なんだ』

直後、破裂音が響いた。

金属製の首輪に仕込まれていた火薬が一斉に炸裂し、中洲の首の皮膚を切り裂いた音だった。

一瞬遅れて、ずたずたになった首から血が噴き出す。

中洲の頭はがくりと前に傾いた。

『僕は以前、ある女を制御して人を殺させたことがある』

動かない中洲を呆然と見つめる猟に、鬼界は語り始めた。

『殺人自体は成功したけど、次第に女の制御が利かなくなって、最終的には暴走した。僕を殺そうとしたんだ。殺人という行為には、人のシステムを変質させてしまうほどのインパクトがある。それに気づいた僕は、可制御な状態を保ったまま人を殺させる方法について考え続け、一つの答えにたどり着いた。フェイルセーフだ』

その言葉は前に鬼界の口から聞いていた。

システムを堅牢化《ロバスト》する手段の一つ。不確定要素を想定し、万が一の事態が起きても安全側に壊れるように設計すること。

『たいていの人間は他人を殺すことができる。もちろん、実際に人を殺すのは一握りだけど、殺人という行為に耐えられるシステムを持っているという点では、みな殺人者予備軍と言えるだろうね。ただ、一部の人間は絶対に人を殺すことができない。善人と悪人の違いというわけじゃなくて、あくまでシステムの構造の差だよ。そして君は、構造的に人を殺せない人間の一人だ。君はたとえシステムが暴走しても人を殺すことだけはないし、壊れるとしても自分を壊すだけで済む。まさしくフェイルセーフだ。殺人を犯せない人間は、逆説的に、殺人を犯させるのに最も適している。君を選んだのはそういうわけだ』

「……だが、俺は何人も殺した」

猟の口から出てきたのは、自分でも驚くほど弱気な声だった。

『今の君が認識している『殺人』は、僕が植えつけたものだ。本来人を殺せない君が拒否反応を起こさないように、徹底的に無害化したイメージでしかない。君はまだ、自分が人を殺していないと思っている。意識下ではそう認識している』

「そんなわけあるか。俺が――」

『そう、君が殺したんだ』

手元のタブレットの画面が急に切り替わり、英数字が並ぶ黒い背景が現れた。どうやらアプリのソースコードらしい。プログラミングは少し齧《かじ》ったことしかない猟でも、その馬鹿馬鹿しいほど単純なアルゴリズムは一目で理解できた。

ランダムな数値を生成し、出力する――それだけのプログラム。

『さて、装置の本当の作動原理について説明しよう。『RUN』ボタンを押すと、タブレットから装置に一つの乱数が送信される。その乱数こそが、装置が起動するまでのタイムラグだ。タブレットの画面上でカウントされる数字はダミー。つまり、クォーカのアクセス数は装置の起動にまったく関係がない』

――罪深い言葉を遺った者たちは、自らの言葉によって裁かれるべきだ。

猟の心を動かした鬼界の言葉。あれもまた嘘だったのか。

『クォーカのアクセス数が死に直結するという嘘に、君の罪悪感は薄められていた。自分の手を汚さず、憎むべき匿名の群衆に引き金を引かせてきたんだからね。でも実際のところ、銃は最初から君の手の中にあった。引き金を引いたのは、君だ』

タブレットの画面が切り替わる。

見覚えのある部屋の映像だった。首に箱状の装置を嵌められ、椅子に縛りつけられた赤い髪の女。一人目のターゲット、〈momochi〉こと姪浜陽子だった。カメラは床から見上げるような角度で彼女を撮影している。その位置関係には心当たりがあった。

発信機――

猟は壁際に転がっている小箱を見やる。あの箱の中にはカメラが仕込まれていた。発信機の向きや設置場所について鬼界が厳しく指示してきたのは、ターゲットの姿を映像に収めるためだったのだろう。

『姪浜陽子は生まれつき顔にある痣がコンプレックスだった。でも歌の才能には恵まれていて、インターネットで歌い手として成功した。実社会では不遇だったけど、クォーカで才能を見出された君とよく似ているね。姪浜はパートナーである〈OnlyNow〉の影響で君の絵に興味を持っていた。一番気に入っていたのは『Blue Apple』。外見に拠らない美しさがあるというメッセージが心に響いたそうだ』

突然、身の毛もよだつような甲高い回転音が聞こえ始めた。

女の身体が激しく震える。二枚の刃が首の切断を開始したのだ。

見開かれた眼、全身の痙攣、溢れる血。３ＤＣＧのアバターとは違う、生々しく壮絶な死。画面の中で展開される残酷な光景から、目を離すことができない。

やがて女の頭部がごろりと前に飛び出し、太腿のあいだに落ちる。赤い髪がばさりと膝の上に広がって——

画面が切り替わった。

今度はゲーミングチェアに縛られた男が映った。二人目のターゲット、〈三八式〉こと御所ヶ谷毅。彼は三本のベルトで背中に装置を固定されている。

『御所ヶ谷毅は十年前まで高校教師で、サッカー部顧問としての優れた実績があった。でも、あるとき赴任した高校では彼の教育方針は受け入れられず、暴力教師の烙印を押されて放逐された。それ以来、彼は過去の栄光を忘れられないまま、職を転々としてきた。社会に拒絶された彼の境遇に、君も何か感じるものがあるんじゃないかな』

騒々しいモータ音が鳴り響き、男の身体が痙攣《けいれん》する。

映像からは不自然に震える身体の正面しか見えないが、丸ノコの回転刃が背中を食い破り、内臓を掻き混ぜるのがまざまざと感じられた。額に浮かんだ汗や、椅子から垂れる血が、想像を絶する痛みをリアルに伝えてきて、吐き気を催した。

モータ音が途切れても、うなだれた男は弱々しく痙攣を続けていた。

画面が切り替わる。

三人目のターゲット、〈甘味料〉こと吉塚亜梨実。例によって椅子に拘束された彼女は、後頭部からパイプの突き出したヘルメットを被っている。

『吉塚亜梨実は男に騙されて財産を巻き上げられ、性風俗店に身売りされかけたことがある。そのときに吉塚を救ったのが彼女の元夫だった。彼女は激しいDVを加えてきた元夫を憎んでいたけど、彼に対する感謝の思いはまだ残っていて、彼女はそれらの相反する感情を漫画で表現していた。君が彼女に的外れな講釈を垂れて、最後の投稿を書き直すように言ったのは、彼女の表現をまるで汲み取れていなかった証拠だよ』

やめてくれ。もうこれ以上、見たくない。

猟は心の中で叫んだが、視線は画面から離れず、瞼を下ろすこともできない。

不意に爆音が響いた。パイプの中の鉄球が後頭部に撃ち込まれた音だ。

女の両眼がぐるりと裏返る。白目を剝いたまま、頭が前に倒れた。

画面が切り替わる。

四人目のターゲット、〈底辺ポリス〉こと中洲信宏。目の前にある死体がまだ生きていたときの映像だった。

『中洲信宏の父親は違法薬物の所持と使用で逮捕されている。それゆえに中洲は薬物に対する問題意識が強く、自らクォーカで啓蒙活動を行っていた。身分を偽っているのも、芸能人の薬物使用に関するデマを拡散しているのも、薬物の害を広く訴えるために必要なことだと考えていたらしい。目的に対する手段がずれているところが、言葉による暴力を抑止するために人を殺した君と似ているね』

猟にカメラを蹴飛ばされ、映像はしばらく乱れた。やがて復活した映像の隅には、縛られた中洲が小さく映っていた。力なく垂れた頭。真っ赤に染まった首。

もはや立っていられず、猟は床に膝をついた。そのまま嘔吐する。

鬼界が殺害現場を秘かに撮影していた理由を、猟は理解した。

――俺を、壊すためだ。

『僕が話した内容は初耳だったはずだけど、どれも事前に渡した資料に書いてあったことだ。僕が君の目を塞いだんじゃない。君が目を逸らしてきたんだ。これから自分が殺す人間のパーソナリティを深く知ることを恐れて、自ら目を背けてきた。そんな臆病な人間に人を殺せるわけがない。そう思わないかな？』

猟は激しく吐き続けた。胃袋が裏返りそうになるほどに。

『思えば、〈観測者〉という名前も実に君らしい。君のシステムは閉じている。出力を持たない閉回路だ。常に内側に引きこもって、観測という消極的な形式でしか世界と関わることができない。美野島玲に対してもそうだったね。君はあれほど崇拝してきた彼女に一度しか会っていないし、連絡を取ったこともない。レプリカ――他人の文章を疑似的に生成するアプリで作った、彼女のＡＩと会話するだけで満足してきた。その行動が君のシステムを如実に物語っているよ』

口を拭い、猟は顔を上げる。虚空に向かって叫ぶ。

「おまえは、何だ。何のために、俺に人を殺させた」

『被害者ぶるのは良くないね。僕は君の望みを叶えたんだ。言葉による暴力に対する抑止力を作るという君の夢を。だから今度は、僕の夢を叶えさせてほしい。僕のシステムの一要素としての役割を果たしてほしい。――君は今、何がしたい？』

「……死にたい」

『そう、それでいいんだ』

無機質で淡々とした鬼界の声が、邪悪に歪んだような気がした。

『最高の舞台を用意するから、楽しみにしているといい』

＊＊＊

『玲さん、もうすぐ僕は死にます。その前に謝っておきたいことがあるのです。初めてあなたに会ったあの日から、僕が一度もあなたに連絡を取らなかったのは、観測者に徹していたからじゃありません。あなたと接することが怖かったからです。臆病な僕を許してください。ただの一度でも、こんな人形遊びではなくて、本物のあなたにメッセージを届けていれば、何かが変わっていたかもしれない。その先に、もしかしたら、あなたが死ななくて済む未来があったかもしれない、と考えてしまうのです。僕はあなたと同じところには行けないでしょう。さようなら。そして、ありがとう』

『本サービスは著作権法上の問題によりサポートを終了いたしました。詳細はこちらのリンクからご確認ください』

「何で、殺してくれないんだ……」

か細い声で問う〈観測者〉に、唯は男から外した眼鏡を放り捨てて応えた。

「あなたのことは憎いです。さすがに殺しはしないまでも、陽子が味わった苦しみのほんの一部でも返してやりたいと思ってました」

右ポケットに入れていた武器――催涙スプレーを男の前に掲げる。紫音から貰ったものだ。護身用なので殺傷力こそないが、顔の粘膜を刺激することでそれなりの苦痛を与えることができる。

「でも、気づいたんです。あなたは私と同じだってことに」

唯は赤く染まった男の脇腹を指差した。

「その傷、本物じゃないですよね。たぶん、怪我なんて一つもない」

「どうして、わかった」

「あなたは身体が大きいし、力も強そうに見える。もし手負いじゃなかったら、私があなたを殺すような状況にはならないからです」

ドアノブに付着していた血も、唯を制御するためのフェイクだろう。

「そうだ」と男は応えた。「だが、動けないのは、本当だ。薬を、打ってるからな」

「そうするように仕向けたのは、鬼界っていう人ですか？」

男は頷く。唯は奥のドアのほうへ歩き出したが、途中で足を止めて振り返った。

「私の絵を見て、本当はどう思ったんですか？」

「下手くそだ。だが、いい絵だ」

唯は何も応えず、ドアを開けた。

物置のような小さな部屋の中に、椅子に縛りつけられた一真がいた。艶のある長髪が乱れている。力なく頭を垂れていた彼は、唯が入ってくると顔を上げた。

唯は彼の口を覆っているガムテープを剝いだ。

「……ありがとう、今津さん」

「大丈夫ですか？」

「建物の外にいたとき、急にスタンガンで襲われてここに連れてこられたんだ。今津さんは大丈夫だったのか？　あの男、まだそっちの部屋にいるんだろう」

「動けないみたいだったので、心配いらないです」

「そうか。……とりあえず、ガムテープ切ってくれないか？」

身じろぎをする彼から、唯は一歩離れた。怪訝な顔がこちらを見上げる。

「どうしたんだ？」

一真さん、と唯は静かに言った。

「あなたが鬼界だったんですね」

＊

今から三日前。七月二十六日、火曜日。

あなたに会いたいというメッセージを〈RedBird〉に送った翌日のことだった。

唯は図書館で期末試験の勉強に励んでいた。〈RedBird〉からの返信はまだ届いていなくて、いまひとつ勉強に身が入らない状態だったのだが、さらに心を惑わせる事態が到来した。

誰かが突然、小さなメモ紙のようなものを机の上に置いたのだ。

ぎょっとして顔を上げると、そこに立っていたのは月浦紫音で、こちらを無表情に一瞥《いちべつ》しただけで去っていった。紙片には短い走り書きがあった。

『スマホの電源を切って、一人で図書館の裏に来て。尾行は撒いて』

なぜ置き手紙なのかと怪訝に思った。スマートフォンの電源を切れという指示も、尾行を撒けという指示も意味不明だったが、相手は一真の妹である。彼のことだから何か考えがあるのだろうと、鞄を持って席を立った。

通路を歩いていると、背後から声をかけられた。クラスの友人だった。

「唯、もう帰るの？　私も一緒に帰るよ」

別の用事があるから、と適当なことを言って図書館を出ると、帰り道とは別の方角に足を向けた。が、ふと後方に気配を感じ、尾行、という置き手紙の文字を思い出した。まさかと思いつつ、構内をぐるぐると十分ほど歩き回り、背後の気配が消えたところで図書館に戻ってきた。

建物の裏手で待っていたのは、紫音と見知らぬ青年だった。

「誰……ですか？」

落ち着いて聞いてほしいんだが、と青年は前置きして言った。

「俺が紫音の兄の、月浦一真だ」

衝撃で言葉も出なかった。

自称「月浦一真」の背丈はやや高く、髪は短く刈り込んでいる。容姿も年齢相応に大人びていた。唯の知る一真は小柄で顔立ちが幼く、耳が隠れるほどの長髪だった。似ても似つかない二人が、なぜ同一人物を名乗っているのか。

説明を求めて紫音を見ると、彼女は平然として訊いた。

「今津さん、あの月浦一真とはどうやって知り合ったの？」

「それは、あなたにリンネで連絡先を教えてもらって――」

「私は今津さんにメッセージを送ったことはない」紫音はスマートフォンの画面を向けた。「私のアカウントはこれ。今津さんに連絡を取ったのは、偽物」

画面に表示されたアカウント名は『紫音』だった。

はっとする。唯に連絡を取ってきたアカウントの名前は『月浦紫音』だったはずだ。フルネームだったから印象に残っていた。

悪寒がぞくぞくと背筋を這いあがってきた。

リンネのアカウント名には本名を使う人が多いが、実際にはどんな名前をつけることもできる。他人の名前を偽ることも可能だ。すると、紫音の名前を利用して連絡を取ってきた、「月浦一真」を名乗る人物は、いったい何者なのか。

「あの人は、誰なの？」

「わからない。でも、こんなことをするのは一人しかいないと思う」

紫音はちらりと一真に目を向ける。彼は後を継いで言った。

「ああ、鬼界の仕業だ」

異常に気付いたのは紫音だったという。先々週、大学の食堂でたまたま唯と顔を合わせたときのことだ。あのとき、唯が一真と会っていることを聞いた紫音は、なぜ唯が一真の連絡先を知っているのかと怪しんだ。そこで一真に相談したところ、唯が鬼界に騙されているのかもしれない、という可能性が浮上したのだった。

「次の日、姪浜さんのマンションに行くことは聞いてたから、悪いが後をつけさせてもらった。君と会っていた男の姿も確認した。確実な証拠は得られなかったが、鬼界だと直感した。あいつは伸ばした髪で耳元を隠していた。髪や帽子でイヤホンを隠すのは奴の常套手段だからな」

「イヤホン？」

「鬼界は自分の手下たち——鬼界システムの構成要素に指示を伝えるのにイヤホンを使うことが多い。構成要素が鬼界の言葉をそのまま伝えることで、彼ら自身が鬼界として振る舞うこともある。言ってみれば、鬼界システムは奴の身体の延長であり、分身でもあるんだ」

唯は新たな情報に戸惑い、同時に反感を覚えた。

何度も会い、ともに〈観測者〉を追いかけてきた「一真」には深い信頼を寄せている。紫音の裏付けがあるとはいえ、いきなり現れた知らない男のほうを信じるというのは、理屈の上では正しくとも心理的に受け入れがたいことだった。

そんな思いが顔に表れていたのか、一真は表情を緩めた。

「すぐには信じてくれなくていい。とにかく、話を聞かせてくれないか」


適当な空き教室に移動し、大学の食堂で「一真」と初めて会ってからの出来事を詳しく話した。二人で刑事に会いに行ったこと。陽子のマンションを訪ねたこと。〈観測者〉の被害者たちの共通点から、犯人と思われる人物を特定したこと。

すべてを聞き終えた一真は険しい顔つきで言った。

「鬼界の目的はわからないが、今回、鬼界は重大な犯罪に加担しているかもしれない。あいつの紹介で、青木という刑事に会ったんだろう。どんな人間だった？」

「ええと、県警の捜査一課の人で、言葉遣いが男っぽい、女の人です」

警察の男社会を毅然とした態度で渡り歩いていそうな、強《したた》かな印象の女性だった。

「俺は警察で取り調べを受けたことがあるが、そんな刑事はいなかった。だいたい、俺は警察に伝手なんかない。取り調べが終わったら、はいさよなら、だった」

「そうだったんですか」

「青木は奴と事情聴取のときに話をしたと言ったんだろう。それは明らかに嘘だ。一般市民に捜査情報を流すような刑事が、たまたま別の『月浦』を取り調べたことがあって、しかも鬼界について情報交換を行っている、っていう可能性もゼロじゃないが、限りなくゼロに近いと思う。青木は鬼界が用意した役者の一人だ。それに彼女は、犯人の顔を見たかもしれない君を放置した。本物の刑事だったら、犯人の特徴をもっと詳しく聞き出して捜査に役立てたり、重要な証人として保護したりするはずだ」

「警察手帳を見せられましたけど」

「本物の警察手帳を見たことがあるか？」

唯は首を振った。確かに、手帳の真偽を見破るのは自分には無理だろう。

「青木の正体はともかく、彼女が提供した情報は異様に詳しかった。二件の殺人に使われた装置の写真、運送業者を装って侵入し、スタンガンで襲ったという犯行の手口――どれも二件目の殺人が起きたころにはまだ報道されてなかった内容だ。鬼界はこれらの情報をどこから入手したのか。これには二通りの解釈が考えられる」

一真は指を一本立てた。

「一つは、警察から情報を得たという解釈だ。青木が本物の刑事だとしたら話は簡単だが、別にそうでなくても構わない。奴は事件の情報にアクセスできる誰かと接触して、交渉したのか脅したかは知らないが、とにかく事件の情報を入手した。この場合、鬼界の目的は事件の捜査だ。被害者の友人である君と接触したり、警察から情報を聞き出したりして、独自に犯人を追ってるわけだ。少々グレーなところはあるが、犯罪とまでは言えない」

一真は二本目の指を立てた。

「もう一つは、〈観測者〉から情報を得たという解釈だ。この場合、鬼界は〈観測者〉と繋がってるということになる。装置の写真まで入手してるところからして、犯行に関与してると見ていいだろう。――俺としてはこちらの可能性のほうが高いと思う。単なる事件の捜査にしては鬼界の行動は不自然だ」

だが、素直に頷けなかった。青木に見せられた悪夢のような写真が脳裏に焼きついていた。ブルーシートの上に置かれた、血と脂にまみれた機械。

「装置の写真は――押収されたものに見えました。犯人には撮れないですよ」

「フェイクだ」一真はばっさり斬り捨てる。「犯行に使う前に、血糊で汚して写真を撮ったのか、素の装置の写真を加工したのか。どちらにしても、偽の証拠写真を作るなんて簡単だ」

眩暈がした。確固たるものと信じていた足場が揺らぎ始める。

「でも、そうやって私を騙して、彼に何の得があるんですか？」

「偽刑事を差し向けた理由は想像がつく。姪浜さんのマンションに行ったとき、奴が〈観測者〉の署名入りの告発状を見つけたんだったな」

――momochiの罪を思い出せ。

「だが君は、告発状を警察に届けなかった。青木刑事が君を犯人と疑うような素振りを見せたからだ。警察に対する反感と、無実の罪で捕まる恐怖。鬼界はそれらを君に植えつけることで、君が本物の警察と接触するのを未然に防いだ」

――君自身が犯人という可能性もある。

青木の冷ややかな言葉と眼差しが、唯の行動を縛ったのは否定できない。

「本物の警察との接触を防いだのは、君に告発状を見せるための下準備だろう。つまり、告発状もフェイクだ。奴が犯人と繋がってるなら、あらかじめ告発状を部屋に仕込んでおいて、偶然見つけたように装うのも容易い。その結果、君は〈momochi〉の投稿を確認し、美野島玲に対する批判コメントを見つけた。まるで、君が犯人にたどり着けるように誘導してるみたいじゃないか」

「誘導……」

「君は姪浜さんの裏アカウントの投稿を読んで、彼女に幻滅を覚え、犯人を追うことに迷いが生じていた。だが、三人目の被害者の恋人、板付という男と話をして、犯人を追い詰めることを決意した――確かそんな流れだったと思うが、ちょっとできすぎじゃないか？　恋人と友人の違いこそあれ、大切な人を失った板付の境遇は君に似すぎてる。人の共感能力を悪用するのも奴の常套手段だから、板付なんて男が存在しなかったとしても俺は驚かない」

「存在しないって……私が出版社経由で連絡を取ったんですけど」

「鬼界は人間の思考と行動を制御する。自分で選び取ったルートだと思っていても、実際は一つのルートを選ばされてるんだ。出版関係の伝手を使って、吉塚亜梨実の知り合いに連絡を取るよう提案したのは奴なんだろう？」

――君はイラストレーターで、吉塚亜梨実は漫画家だ。現実世界で何か繋がりがあってもおかしくない。どうにかして彼女の遺族や知人に接触できないか？

「鬼界は君が富岳社の編集者に連絡すると予測して、板付を吉塚の恋人だと名乗らせて富岳社に接触させていたのかもしれない。あるいは、君とオンラインで会う前に、本物の板付を脅して入れ替わったのか。どちらにしても、吉塚の恋人を演じるのは簡単だ。どれほど嘘を吐こうが、君には確かめる術がないからな。君自身が出版社経由で連絡を取ったという事実もまた、板付への信用を高めてくれる」

思い返せば、確かに板付の言動には不可解なところがあった。

――君は、君の知る彼女を信じてあげればいい。

唯が陽子の投稿について悩んでいることは話していなかったのに、それを見透かしたような言葉をかけてきたのだ。心の中の弱くなった部分を的確に突かれたので、違和感を覚えるどころではなかったが。

「最終的に君は〈RedBird〉に疑いの目を向けたわけだが、それも鬼界の計画通りだろう。奴は君を〈RedBird〉に会わせるつもりなんだと思う。……ここからは多分に想像が入るが、そのつもりで聞いてくれ。鬼界の行動には一定のパターンがある。奴はおそらく、君に対してインパルス入力を与えてるんだと思う」

「はい？」

「無限小の時間に入力された無限大の信号、っていうのが理論的な説明になるが、ざっくり言えば、システムに対して一瞬だけ大きな波を送ることだ。ハンマーで叩くようなイメージだな。インパルス入力に対する出力――インパルス応答を調べるのは、不明なシステムを解析する際の定石と言っていい。――君の話を聞いて、鬼界が仕組んだと思われる出来事には、君の感情を極端に揺り動かすものが多かったことに気づいた。例えば、偽紫音からのメッセージに促されなかったら、君が〈姪浜メイノ〉の最期の投稿を読むことはなかった」

陽子が死んだ後、唯が初めて泣いたのはあの投稿を目にしたときだった。

「血塗《ちまみ》れの装置の写真、刑事から向けられた疑惑、姪浜さんの裏アカウントの発見、〈観測者〉の正体の発覚――鬼界はそういったネガティブな出来事で君の感情を揺さぶってきた。また、君と似た境遇の板付と話をさせたり、姪浜さんが君と手を切りたがってるという誤解を解消したりと、ポジティブな感情を呼び起こしてもいる。そうやって感情を両極端に揺さぶることで、君のシステムにインパルス入力を加え続けてるんだろう」

「鬼界は私を調べてるってことですか？」

「それだったらまだいいが、別の目的があるのかもしれない」

一真は遠くに目を向けて、溜息交じりに言った。

「先月、近所に雷が落ちて、うちのエアコンが壊れたんだ」

「はあ」

「建物や電柱に雷が落ちると、瞬間的に大きな電圧や電流が発生して、電化製品が壊れることがある。雷サージっていう現象なんだが、これもインパルス入力と似たようなものだ。雷さえ落ちなければ、うちのオンボロエアコンはまだ命脈を保ってたと思う。基本的に自然界は変化を嫌う。一定の入力を与えるだけじゃシステムは変わらない。システムに破壊や変化をもたらすのは、大きな波だ。――君にとって姪浜さんは唯一無二の親友だった。だからこそ、裏アカウントの投稿を目の当たりにしたときの幻滅はとても大きかったんだろう。元々持っている好意が強いほど、落差もまた大きくなって、より強力な波が生まれる」

――キャラは作りすぎないほうがいいの。ボロが出たら落差がヤバいし。

――落差がヤバかったんです。

「君は昔から〈RedBird〉に憧れてたんだろう。だが今は、親友を殺した殺人犯じゃないかと疑い始めてる。姪浜さんのときと同じ構図だ。鬼界の次のシナリオはだいたい想像がつく。最終的に、君は〈RedBird〉に会いに行くことになる。そして、初めて見たその顔は、姪浜さんのマンションで見た怪しい男と瓜二つなんだ。憧れの〈RedBird〉が親友を殺した連続殺人鬼だと確信したとき、彼に対する尊敬は憎悪に変わる。その急激な感情の揺らぎこそが、鬼界の意図したものだと思う。――君は〈観測者〉に復讐するつもりだったんじゃないか？」

言葉も出なかった。一真は表情を和らげる。

「別に責めてるわけじゃない。前例があるんだ。鬼界に復讐をそそのかされて、人を殺そうとした子がいた。今回もそうじゃないかと思っただけだ」

「どうして、あの人が私にそんなことをさせるんですか？」

「さあ、わかりたくもない。ただ、ろくな目的じゃないことは確かだな」

どうすればいい？

自分の知る「一真」を信じたいという思いと、目の前の「一真」の話を信じるべきだという理性の声。二つの感情に引き裂かれつつも、唯は活路を見出した。

「でも、最初のほうで月浦さんが言いましたよね。これには二通りの解釈があるって」

一つは、鬼界が犯人と繋がっているという解釈。

もう一つは、犯人を知らない鬼界が、独自に犯人を追っているという解釈。

「鬼界が私に人殺しをさせようとしてるのは、鬼界が犯人側だとした場合の解釈の一つです。鬼界が——あの人が犯人を知らないとしたら成り立ちません」

「そうなるな」

一真があっさりと応じると、紫音が兄に非難がましい言葉を投げた。

「どうして二通りの解釈があるなんて中途半端なことを言ったの？　嘘でもいいから、鬼界が犯人側だって言い切らないと……今津さんがひどい目に遭うかもしれないのに」

「本当なんだから仕方ないだろ。それに、嘘をつくなんてもってのほかだ」

「でも——」

「嘘で人の考えを誘導するような真似はしない。それをやったら、鬼界と同じだ」

答えを押しつけるのでも、無意識に誘導するのでもなく、自分自身の意志で選ばせたい。そんな彼の思いを感じ取って、唯は言葉を選んだ。

「あの人が犯人側っていう解釈は、確かに筋が通ってます。でも、私にはあの人が悪人とは思えないし、思いたくない。たとえその気持ちが、あの人に植えつけられたものだったとしても、私にとっては本物なんです」

あの「一真」とともに〈観測者〉を追ってきた日々が、唯を制御するために作り上げられた虚構だったとは認めたくなかった。「一真」が陽子に対する誤解を解いて、唯の心を救ってくれたことが、邪悪なシナリオに従った行動だったとは信じたくなかった。

真実を知るには、行動しなくてはならない。

「〈RedBird〉には会いに行くつもりです。危険な目に遭うことも覚悟してます」

「復讐のために?」

「今まではそうでした。でも今は、それよりも本当のことが知りたいんです。あの人が本当に鬼界なのか、本当の目的が何なのかを確かめたいと思ってます」

「〈RedBird〉も鬼界に制御されてる可能性が高い。直接会ったところで何かがわかるとは思えないが」

いいえ、と唯は首を振った。

「わかります。私たちはきっと、よく似てますから」

＊

――あなたが鬼界だったんですね。

唯の言葉に、椅子に縛りつけられた男は乾いた口調で応じた。

「月浦兄妹から聞いたのかな。君が彼らと接触するのは危険だから、システムを使って隔離させていたはずだけど、どうやら漏れがあったようだね」

男は唯を冷然と見上げた。

「そう、僕は鬼界だ。何か質問はあるかい」

ああ、否定しないんだ。

彼が「鬼界」という得体の知れない存在ではなくて、何かの理由で一真の名を偽っているだけの普通の大学生だったらいいのに、という夢想はこれで潰《つい》えた。

唯は本物の一真の忠告に背いて、偽者の「一真」を信じる道を選んだ。そのときはまだ、多少の疑いを差し引いてもなお、「一真」のことを信頼していたからだ。紫音や本物の一真にも明かさなかった家庭の事情——親がクォーカの経営者だという秘密を打ち明けられるくらいに。

しかし、長い夢から醒めた唯にとって、目の前にいる男は敵でしかなかった。

「陽子を殺したのは、あなたですか？」

「彼女や他の三人を殺したのは、隣の部屋にいる男だ。〈RedBird〉だよ」

「でも、あなたが殺させたんでしょう」

「何か誤解をしているようだね。〈RedBird〉は明確な殺意を持ち、自らの手で四人を殺したんだ。彼自身もそれを認めていただろう。君が憎むべきなのは彼だよ」

「嘘をつかないでください」

悪人としての振る舞いがぎこちなかった彼、自分が殺されないと知ったときに絶望を露わにした彼、唯の絵の感想を告げた彼――短い邂逅《かいこう》ではあったものの、彼がどのような人間なのかを理解するにはそれだけのデータで十分だった。

「〈RedBird〉は誰かを殺せるような人じゃない。あなたが彼を操って、人を殺すように誘導したんでしょう。そして今度は私を操って、彼を殺すように仕向けた」

「どういうことかな」

「〈RedBird〉は救急車を呼んでくれと頼んだり、あなたを殺したと言ったり、色々な言葉で私をそそのかしました。その挑発に乗った私が彼を殺した後で、拘束されたあなたが見つかることになっていたんでしょう。そうなったら、あなたは私を守るという名目で、正当防衛が成立するように警察に対して口裏を合わせるか、一緒に死体を隠す。そうして私に恩を売って、弱みを握って、私を操るつもりだった」

鬼界の計画は、いったいどこから始まっていたのだろう。いつから私の思考や行動を制御していたのだろう。身近な人々のうち、何人が鬼界の手に落ちているのだろう。

疑問は無数にあったが、何より知りたかったのは――

「あなたの目的は何なんですか？　どうして私を操ったんですか？」

「君に教える必要はない」

彼の返答は取りつく島もなかったが、唯は引き下がらなかった。

「あなたは確かに、直接人を殺してはいないのかもしれません。でも、あなたの自分勝手な計画のせいで人が死んだことは事実です。たくさんの人を操って、弄んで、殺して――あなたの目的には、そうまでして達成するほどの価値があるんですか？」

「それを教えるほどの価値は、君にはないね」

こちらを見上げながらも見下すような、傲然とした眼差しが腹立たしかった。

「だったら――」

唯は男の長い髪に手を突っ込む。左耳に硬い感触があったので抜き取ると、やはりワイヤレスイヤホンだった。彼は少しだけ目を見開く。

「イヤホンの向こうの人じゃなくて、ここにいるあなたに訊きたいんです。あなたの名前を教えてくれますか？」

ここまでの彼の発言は、鬼界の言葉をそのまま伝えていたに過ぎない。鬼界本人ではなく、鬼界に操られている者としての意見が聞きたかった。

主との接続を断たれた彼は、警戒しつつも自分の言葉で応えた。

「――冷泉《れいせん》」

「冷泉さん、あなたは私を騙してたことについてどう思ってるんですか？　殺人に手を貸すことに罪悪感はなかったんですか？」

「そんなものないよ。僕は自分の意志で鬼界と契約した。僕が殺人装置を提供する代わりに、彼は僕の装置を人間でテストしてくれるんだ」

電動ギロチン、内臓シェイカー、ヘルメット銃、首輪爆弾――

「あの装置は、あなたが作ったんですか？」

「昔から工作が好きでさ。特に火が出るのとか、爆発するのとか、危ないモノを作るのが大好きなんだけど、そういうのをＳＮＳとかに上げるとうるさい奴が出てくるわけ。やれ安全対策がどうの、子供への教育がどうの、下らないよね。人が趣味でやってることにケチつけてさ。だからずいぶん前に公開するのは止めちゃって、一人で黙々と作り続けてた。そしたら鬼界がやってきて、僕に協力してほしいって言ったんだ。殺人装置を作ってほしいって。心にぐっと来たね。人を殺す機械。どうしてそんな面白そうなモノをこれまで作らなかったんだろう、って不思議だったよ。それからはどんどん試作して、どんどん実験して、完成度を高めていった。凄く楽しかったし、人生で一番充実した日々だった」

冷泉の右手にあった傷痕は、殺人装置を作る際に負ったものかもしれない。

声を上擦らせて恍惚とした表情で語る彼に、唯は言った。

「あなたも私と同じなんですね。鬼界に操られて、装置を作ってきた」

冷泉は笑顔を消した。

「違うよ。僕は鬼界の思想に共感して、その計画の全貌を知らされたうえで彼に協力してるんだ。君みたいに何も知らされず、制御されるがままに動く構成要素とは違う。鬼界とも対等なエージェントの一人だ」

エージェントという言葉は講義で知っていた。

一般的には「代理人」という意味で、コンピュータの世界ではシステム同士を仲介する存在を指す。ユーザーがソフトウェアを操作するのを手伝ったり、別のソフトウェアに命令を与えたりと、単なるプログラムよりも複雑で自律的な振る舞いをする。

冷泉の主張はともかく、彼が唯と同じではないというのは頷ける。鬼界の思想にどっぷりと染まり、嬉々として殺人に加担してきた彼に同情の余地はない。

冷泉はなおも自慢気に話し続ける。

「〈零千〉ってアカウント、知ってる？　あれ僕なんだよね。他にもいくつかアカウントを持ってて、鬼界の活動のために使ってる。ちょっと前に美野島玲が炎上したのは覚えてる？　あの炎上を引き起こしたのも僕だよ。〈不死鳥のタタキ〉っていうアカウントを使ってね。他にも――」

「警察を呼びます」

唯が宣言すると、冷泉のお喋りがぴたりと止まった。

「ちょうど良かったです。あなたも〈RedBird〉も動けないみたいですから。今から電話をかけるので、大人しく待っててください」

「鬼界がそんなことを許すと思う？」冷泉は嘲笑する。「鬼界は人の行動を予測できる。君が通報しようとすることもシナリオの一つに組み込まれてるはずだ。当然、対策済みに決まってる」

「〈RedBird〉が殺されなかったのも、シナリオのうち？」

するると、冷泉の表情に迷いが生じた。彼もやはり鬼界のシナリオに疑いを抱いているのだろう。

唯が〈RedBird〉を殺さなかったのは予想外の事態だったのだ。

――私が復讐を思い留まったのは、私の意志だ。

鬼界のコントロールに抵抗できたことが、少しだけ誇らしかった。

唯がスマートフォンを取り出すと、冷泉は動揺した様子で叫んだ。

「タチバナ、早く来い！　こいつを止めろ！」

仲間が近くにいるのだろうか。出口を塞がれる前にここを脱出したほうがいいだろう。冷泉のイヤホンを放り捨てて、最初に入った部屋に戻る。そのまま出口に足を向けたところで、ふと違和感を覚えて振り返った。

〈RedBird〉が椅子の前でうずくまっている。

椅子から転げ落ちたのだろうか。それとも薬が切れて身体を動かせるようになったのか。逃亡するほどの気力が彼に残されているとは思えないが、一刻も早く警察に保護してもらったほうがいいだろう。鬼界に口を塞がれる前に。

警戒しながら玄関を出たが、周囲に人の気配はなかった。なるべく足音を立てないようにして階段を下り、一階に着いた。

出入口のロープを跨いで外に出たとき、花の蜜のような甘い香りを嗅いだ。

そのときには、もう遅かった。

首筋に冷たいものを押し当てられ、激痛が弾けた。平衡を失って闇の中に放り出される。ざらついたアスファルトが全身を叩く。

「殺しはしないから安心してくれ」

どこかで聞き覚えのある女の声が降ってきた。

「しばらく大人しくしてもらうだけだ。明日の朝には帰すと約束しよう」

甘い香水の匂いと、女性にしては低めの声からして間違いない。偽刑事にして鬼界システムの構成要素の一人、青木だ。今は鬼界の台詞を代弁しているのだろう。

口をテープで塞がれながら、唯は痛みと痺れの中で思考を巡らせていた。

明日の朝には帰す、というのは本当かもしれない。鬼界にとっての最優先事項は、警察が来るまでに証拠を始末し、手下たちを撤収させることのはずだから。

とはいえ、嘘で塗り固めたシナリオで唯を制御してきた鬼界のことだ。唯を安心させるための嘘かもしれない。信用するのは危険だ。

後ろに回した両手をテープで拘束されているとき、近くで別の声が聞こえた。

「こっち見て」

シューッ、とスプレーが噴射される音。

青木が悲鳴を上げて唯から離れた。呻きながら激しく咳き込む音が聞こえてくる。何か小さくて軽いものが落ちて、路面で跳ねるのが聞こえた。

地面を這いずる唯の前に手が差し伸べられた。

「立てる？」

小首を傾げてこちらを見下ろしているのは、紫音だった。

彼女の手を借りてどうにか立ち上がり、唯は感謝の言葉を告げた。

「むぐうぐう」

「口を塞がれてるの？」

催涙スプレーをまともに浴びた青木が、逃げるように階段へ消えていくのが見えた。薬剤を洗い流さないかぎり痛みは持続するから、顔を洗いに行ったのだろう。ふと地面を見ると、青木が落としたワイヤレスイヤホンが転がっていた。

「怪我はなかったか？」

そんな声に振り向くと、本物の月浦一真が立っていた。

口と手首のテープを紫音に剝がしてもらって、唯は応える。

「はい、大丈夫です。……すみません、こんな危険なことに付き合わせちゃって。あと、助けていただいてありがとうございます」

「気にしないでくれ。俺たちは勝手についてきただけだ。話を聞いた以上、君に何かがあったら俺たちも責任を感じるからな」

今夜、一真と紫音は唯の後を追って雑居ビルまで来ることになっていた。建物に着いた後は外で様子を窺い、何か異変があれば対処する。ただ、〈RedBird〉との対面が台無しになるのは避けたいので、二人にはよほどのことがないかぎり干渉しないでほしいと頼んでいた。唯が突然走り出したときも静観していたのはそのためだろう。

青木が戻ってきた場合に備え、三人は雑居ビルから少し離れた場所に移動した。

唯が先程までの出来事をかいつまんで話すと、一真は言った。

「すぐに通報しよう。ただ、あの女が戻ってくる前にここを離れたほうがいい。鬼界が何を仕掛けてくるかわかったものじゃないからな」

「そしたらあの人たち、警察が来る前に逃げちゃうと思います。一真さんたちは鬼界を追ってるんですよね。見逃していいんですか？」

「俺はあいつを捕まえるために命まで投げ出すつもりはないし、誰かの命を危険にさらしたりもしない。ここは敵地のど真ん中だ。あいつを捕まえるなら、もっと有利な場所で仕掛ける。そういうわけで俺たちは退散するが、君はどうする？」

「一緒に行きます。もう、ここに用はありません」

「よし、それじゃ通報は君が――」

一真は唐突に言葉を切って、雑居ビルの出入口のほうを見た。

誰かが、そこから出てくる。

観測者

「私の絵を見て、本当はどう思ったんですか？」

椅子に座った猟のほうを振り向いて、〈OnlyNow〉は訊ねてきた。

彼女の意図せぬ形だったにせよ、あの絵は猟の人生を大きく変えた。己の犯した罪に気づかせてくれた。言語化できない思いを絵として発信してきた猟にとって、人に影響を与える作品は手放しに賞賛すべきもののはずだった。

だが、口を突いて出たのは中途半端な感想だった。

「下手くそだ。だが、いい絵だ」

〈OnlyNow〉が隣の部屋に去っていくのを見送りながら、猟は戸惑っていた。

なぜ、あんなことを言ってしまったのだろう。

客観的に言って彼女の絵は上手かった。構図や色遣いには高度な技量が感じられたし、溢れるエネルギーと儚《はかな》さを併せ持つ少女の姿からは、作者の筆に込められた狂気に近いほどの情熱が伝わってきた。

あの絵は素晴らしかった。そう伝えるべきだった。それなのに――

「――ちょっと前に美野島玲が炎上したのは覚えてる？　あの炎上を引き起こしたのも僕だよ。〈不死鳥のタタキ〉っていうアカウントを使ってね」

隣の部屋から漏れてくる声が耳に入った。

今まで鬼界だと思っていた男——冷泉は、本物の鬼界の手下に過ぎなかった。そして〈不死鳥のタタキ〉として美野島玲のデマを拡散した張本人でもあった。

猟の目の前で冷泉が殺した、あの鼠めいた小男は偽物だったということだ。そして、おそらく彼は生きている。

鬼界は「人を殺せる人間」に殺人をさせることを避けていた。システムの暴走を招く恐れがあるから、と。嬉々として殺人装置を製造していた冷泉は、明らかに「殺せる」側だった。鬼界が冷泉に人を殺させたとは思えない。偽〈不死鳥のタタキ〉の感電死は演技だったのだ。タチバナが「傍観者」を自称し、頑なに殺人に手を貸そうとしなかったのも同じ理由だろう。

——それにしても、不思議だ。

あれほど憎んだ〈不死鳥のタタキ〉の正体を知ったのに、何も感じない。彼女を侮辱した鬼界に対して、爪の先ほどの怒りすら湧いてこないのはなぜだろうか。

再び考え込んだ猟の頭に、天啓のように答えが閃いた。

——俺は今まで、あらゆることから目を背けてきた。鬼界の言いなりになって殺人を続けてきたのも、目の前にある事実を直視していなかったからだ。

だが、〈OnlyNow〉の絵によって正気に戻った俺は、今、現実を見ている。

四人の罪なき命を奪った自分には、極刑が下るであろうということ。

美野島玲は自分とは無関係な過去の女優に過ぎないということ。

そして、彼女より美しいものが、この宇宙には無数に存在するということ。

たった一人の人間が宇宙の美しさを体現できるわけがない。もっと早く気づくべきだったのだ。

俺の心を支配したのが彼女の美ではなく、くだらない一過性の熱情だったことに。

これまでの俺は、美野島玲を美的基準の頂点に置き、彼女の持つ美しさになるべく近づけるように努力して絵を描いてきた。つまり、自ら限界値を設定していたのだ。勝手に自分の作品を低く見積もって、その範囲内で満足していた。今は違う。取り払われた天井の先の、無限に広がる空を見ている俺には、こう考える権利がある。

俺ならもっと上手く描ける、と――

両手に力を込め、ゆっくりと握って開いてを繰り返す。動きは鈍かったが、しっかりと動いた。

注射したのは筋弛緩剤だと鬼界は言っていた。筋弛緩剤は筋肉の働きを弱める薬剤で、大量に摂取すれば心臓の筋肉も止まる。こうして猟が生きていられるということは、元々たいした量は投与されていなかったのだろう。そもそも、鬼界は本当に薬を注射したのだろうか。猟が身体を動かせなかったのは薬のせいではなく、鬼界に暗示をかけられていたからではないか。

薬で身体が動かないということ。それもまた、自ら設定した「限界」だ。

猟は椅子から立ち上がった。

が、一歩も進まないうちにバランスを失い、床に倒れ込む。

立ち上がろうと床に手をついたとき、近くに落ちているナイフが目に入った。血糊を塗った小道具だが、本物の刃物だ。

ナイフを手に取って再び立ち上がり、慎重に歩みを進めるにつれて、全身にどくどくと血が巡り始めるのを感じた。頭に流れ込んできた血が、思考を先に進める。

――俺は構造的に人を殺せないシステムだと鬼界は言った。だが、現実として俺は人を殺している。ならば、それも実体のない「限界」なのではないか。

隣の部屋に入ると、椅子に縛られた冷泉が怯えた目を向けてきた。

「え、何で……」

その表情は、冷淡で傲慢な「鬼界」を演じていた彼とは似ても似つかなかった。見たところ、彼は本当に身動きが取れないでいるようだ。

――都合がいい。

猟はナイフを構えて、ゆっくりと彼に歩み寄った。

「いや、ちょ、ちょっと、止めろって」

そんな喚《わめ》きも意に介さず、刃先を思い切り冷泉の胸に突き刺した。

肉を貫く生々しい感触がして、白いTシャツに赤い染みが広がる。大きく開いた口からは悲鳴ではなく、風が吹き抜けるような物悲しい音がした。

冷泉が完全に動かなくなるまで、それほど時間はかからなかった。

命を失った肉体からナイフを引き抜いて、猟は確信した。

――これではっきりした。俺は、人を殺せる。

死体に背を向けて部屋を出たとき、玄関から入ってくる人影があった。

タチバナだ。なぜか両手で顔を覆っていた彼女は、警戒するように足を止めた。

「どうして……動いてる？」

すでに冷泉で実証済みだったので、タチバナを殺す必要はなかった。押しのけて玄関へ向かおうとしたところ、彼女はスタンガンを胸の前に構え、行く手を塞いだ。

「ここから先には、行かせない」

そう言って、タチバナは咳き込んだ。

彼女の目が涙で濡れているのが見えて、遠い昔の記憶が蘇る。演劇部の倉庫。美野島玲は涙の痕を見せて、猟にこう問いかけた。

――これ、本物だと思う？

「その涙は、本物か？　偽物か？」

不意に頭に浮かんだ質問を投げかけると、タチバナは表情をこわばらせ、呟いた。

「――覚えてるの？」

その言葉の意味はわからなかったが、緩やかに巻いた彼女の茶髪が、記憶の底に沈んでいたイメージを蘇らせた。涙を流す美野島玲に向かって、声を荒らげた女。

彼女の名前は思い出せなかったが、どうでもいいことだった。

俺には一刻も早くやるべきことがあるのだから。

猟は腕に力を込めてナイフを突き出した。

心臓を狙った一撃だったが、タチバナが身体をひねってスタンガンを突き出してきたので狙いは逸れ、ナイフは彼女の脇腹に突き刺さった。それを目撃した瞬間、顎の下に硬いものが直撃した。

目の前に閃光が弾けて、意識が遠ざかる。

後頭部を床に激しく打ちつけたが、痛みは感じなかった。やがて立ち上がり、床にうずくまったタチバナには目もくれず、玄関へと歩き出す。

——描こう。

〈RedBird〉としての限界を超える作品を。俺にしか描けない絵を。

それは猟自身を描いたものになるという予感があった。観測者を名乗りながらも何一つ観測してこなかった臆病な自分。何かを観測しているつもりで、逆に心の奥まで観測され、邪悪なシステムの一部として利用されていた愚かな罪人。

今まで目を向けていなかった自分自身を描くことで、新たな段階に進むのだ。その先にはきっと、真なる宇宙の美が待っている。胸の高鳴りを感じた。

光の差さない階段を、猟は一歩ずつ下りていく。

追跡者

雑居ビルから出てきたのは〈RedBird〉だった。

唯たち三人は慌てて物陰に隠れたが、彼はこちらには目もくれず、悠々とした足取りで建物から遠ざかっていく。その歩みには緊張も焦りも感じられない。まるでこれから世界を救う英雄のように堂々と去っていく殺人者を、三人は黙って見送っている。

異様な光景だった。

「あの」唯は物陰から出ると、彼に向かって声を上げた。「これから、どうするんですか」

彼は足を止め、独り言のように呟いた。

「絵を……描く」

やがて彼の姿が闇に溶けたころ、一真は口を開いた。

「見逃してよかったのか？　あいつは君の友達を殺したんだろ」

「私一人であの人を止められるわけないでしょう。もし一真さんが止めに行ってたら、私も加勢するつもりでしたけど」

「俺はそんな危険なことはしない。病院送りにされるのは二度とごめんだ」

「あとは警察に任せればいい」と紫音。「すぐ捕まると思うし」

〈RedBird〉が犯人だと唯が証言すれば、彼が逮捕されるのは時間の問題だろう。当然、彼の罪を心から許すことはできそうにないし、正当な裁きを受けさせるべきだと思っている。しかし、先程の彼の言葉を受けて、胸の奥に芽生えた期待があった。

――〈RedBird〉の新作を見られるかもしれない。

彼の絵を見たいという気持ちは、彼への憎しみとは無関係に存在した。親友の仇《かたき》だと明らかになった今でさえ、唯は〈RedBird〉のファンを辞めることができない。

でもそれでいい、と思う。

唯は自分のよく知る陽子は好きだが、クォーカの裏アカウントで垣間見えた、自分の知らなかった陽子は好きではない。そして、ともに鬼界を追ってきた協力者としての「一真」には深い信頼を寄せているが、化けの皮が剝がれた偽者の「一真」には嫌悪を感じる。

ある人物を別の角度から観測したとき、まったく違う一面が現れるのは当然であって、それらは完全に別の存在として扱うべきなのかもしれない。異なる観測結果を一つの人間として認識しようとするから無理が生じるのだ。

鬼界だったら、その人物のすべてを観測することができるのだろうか。

もしそんなことができたなら、鬼界の目に映る人の姿は、互いに異質な要素が複雑に組み合わされたグロテスクなキメラになるはずだ。

唯はこれから〈RedBird〉が描くであろう絵を夢想しながら、殺人犯を通報すべくスマートフォンを取り出した。

『こんばんは、鳥飼くん』

受話口の向こうの相生の声は掠れていて、妙に呼吸が荒かった。

「急ですけど、何かあったんですか？」

『ううん、何となく話したくてね』

今日、相生はいつもより早めに退社していた。金曜の夜だからデートか何かだと思っていたが、もしやその件で傷心を負ったのではないか、と勘繰ってしまう。

相生はそれ以上の説明を加えず、仁に訊いた。

『私が前に出した宿題、覚えてる？』

——言葉による暴力をなくすにはどうしたらいいと思う？

「はい、覚えてます」

『答えを聞かせて』

「ええと——まず前提として、どんな言葉であっても暴力になり得ます。世の中には様々な立場や思想がありますし、それらの違いによって言葉の受け取り方もまた変わってくるからです。だから、言葉によって誰かが傷つくのを防ぐため、言葉を規制したところで効果は薄い。デバリングシステムの限界はそこにありました。

根本的な対策をしようと思ったら、言葉そのものではなく、言葉の伝わり方に手を加える必要があります。ある言葉によって傷つく可能性がある人々に、その言葉が伝わらないようにする。デバリングシステムのような発信側のフィルタリングではなく、受信側のフィルタリングです。ただ、インターネットは言葉を拡散させるのに長けています。たとえクォーカでフィルタリングを行っても、別のSNSやメディアで目にするかもしれないし、永遠に対象の目に触れさせないでおくことは難しい。一般的なフィルタリングよりも、もっと広範囲で強固なフィルターが必要です。まったく現実的な話じゃないですが、例えば——インターネットを分断する壁のようなものが」

思考を漂っていた不定形のアイデアが、喋っているうちに具体的な形を備えていく。壁という比喩は、数秒前まで頭の中になかった。まるで相生という触媒によって化学変化を起こしたかのようだ。

『壁、ね』

「情報の行き来を制限するフィルターです。その内側には立場や思想を同じくする人々、つまり言葉の受け取り方が似ている人々が住んでいます。人口は、ざっくり言って百人くらいが適当でしょうか。壁の内側に入ってくる情報に、住人たちを傷つけるものは含まれていません。彼らは似たもの同士ですから、もちろん互いを傷つける言葉を使うこともありません」

百人、という具体的な数値がどこから出てきたのか、自分でもわからなかった。

『インターネット以外から入ってくる情報についてはどうするの？』

「物理的な壁を建設するしかないですね。もっとも、インターネット以外の情報伝達ツールはいずれ絶滅するでしょうけど。――あまりまともに受け取らないでくださいよ。あくまで机上の空論というか、思考実験みたいなものですから」

『私もそれしかないと思った。だから、鬼界と手を組んだ』

「キカイ？」

『大学時代、演劇部に嫌いな子がいてね。美人でスタイルも良くて、演技もそこそこ上手かったから、私は何度も役を奪われてきた。私より演技が下手なのにちやほやされるのが気に入らなかったし、何より演技じみたあざとさが嫌だった。私のことをアオイちゃんって呼ぶのよ。アイオイって呼ぶと舌を噛んじゃうからって。滑舌いいくせに。まあ、これはどうでもいいけど。

その後、私は劇団に入れなくてクォーカに就職したけど、あの子は人気女優になった。それを知ったときは腹が立ったし、可愛い子ぶってテレビに出てるのを見たときは虫唾《むしず》が走った。私はあの子の性格の悪さをよく知ってたから。そんなとき、地元の友達からこんな噂を聞いたの。あの子が中学時代に同級生をいじめて自殺に追い込んだことがあるって。許せなかった。そんな人間が堂々と日の目を浴びるべきじゃないって思って、ネットに情報を流した。でも、そのせいであの子が自殺するとは思ってなかった。

あの子が本当に同級生をいじめ殺したのかは知らない。ただ、私が真偽の不確かな情報であの子を死に追いやったのは確かなの。だから鬼界の誘いに乗って、インターネットを分断する計画に協力した。私みたいな罪を犯す人間を二度と出さないことが、あの子への罪滅ぼしになると思ったから。……でも、須崎くんには悪いことしたな。彼の正体に気づいて、それを鬼界に教えたのは私だから』

とうとう我慢できなくなって、仁は口を挟んだ。

「何の話ですか？　もしかして今、飲んでますか？」

『あるときはＩＴ企業の頼れる上司、あるときは冷酷な刑事、またあるときは犯罪者の助手――鬼界のエージェントとして色々な役を演じてきた。でも、私の役割はここで終わり。続きは鳥飼くんがやるの。あなたが変革者としての役割を果たせるように、私はあなたを制御してきたんだから』

「あの――」

『壁を作りなさい、鳥飼くん』

その言葉を最後に通話が途切れた。

仁はしばし呆然として、再び相生に電話をかけたが、呼び出し音が虚しく繰り返されるばかりだった。諦めて電話を切ると、椅子の背にもたれて天井を見た。

いったい何だったのだろう。

相生の言葉は半分も理解できなかったが、最後の一言だけは強烈に頭に残っていた。

――壁を作りなさい、鳥飼くん。

また厄介な宿題を与えられたものだ。インターネットを分断する壁。理論的には構築可能とはいえ、形にするまでには無数の障壁がある。およそ現実的とは思えない。

そのとき、頭の中に閃くものがあった。

吹けば飛ぶような頼りないアイデアだった。それでもこの細い紐を引いていけば、革新的なアイデアをたぐり寄せられるかもしれない。レプリカやデバリングシステムも同様に、思いつきに近いアイデアから生み出してきたのだから。

少し眠いけど、忘れないうちに考えてみるか。

仁はノートを広げ、頭の中で散逸しそうになるアイデアを書き留めていった。

部外者

「そういえば、〈RedBird〉の最後の絵はもう見たのか？」

道すがら一真が訊くと、唯はどこか煮え切らない返事をした。

「はい、一応……。一真さんは？」

「ああ、見たよ。だが、全然わからなかった。絵画の素養がないからな」

「私も同じです。よくわかりませんでした」

「そうなのか？」

「私はあの人が世の中を観察する冷めた目が好きなんです。でも、あの絵は自分の内側にこもって描いてる気がして、いまいち好きになれませんでした。あと正直認めたくないんですけど……あれは一般的な基準からして、駄作だと思います」

「まあ、息も絶え絶えの状態で描いたんだから仕方ないか」

「クォーカに上げる余裕があったら、もっと内容を練ってほしかったですけどね」

「死人に手厳しいな。ファンなんだろ」

「ファンだからこそ、です」

「そういうものか。――ここで間違いないか？」

一真はとある喫茶店の前で立ち止まった。細い裏通りに面していて、いかにも隠れ家風の佇まいだ。窓越しに店内を窺ったが客の姿は見えない。

はい、と唯は小さく頷いて、

「ところで、あれ、本当に言うんですか？　私の勘違いだったら――」

「だとしても、ちょっと変に思われるだけだ。追い出されはしない」

店内に足を踏み入れると、カウンターの向こうにいた店主らしき白髪の老人が「いらっしゃいませ」と低く言った。「お好きな席へ」

一真はカウンターの前に立ち、老人の目をまっすぐに見て訊いた。

「つかぬことをお聞きしますが、鬼界について何かご存じですか？」

老人は目尻に皺の寄った細い眼でこちらを見返し、何食わぬ顔で言った。

「そんな人、知りません」

「そうですか。すみません、俺の勘違いでした」

一真はさっさと退却して、窓際にある四人掛けのテーブルに着いた。一真の隣の席に着いた唯は、店主に聞こえないように小声で言った。

「やっぱり、あの人は無関係だったんですね」

「いや、少なくともあの店主は鬼界を知ってるはずだ」

「え？」

「キカイを知ってるかと訊かれて、そんな人は知らないと即答したんだ。鬼界が人名だと知ってる証拠だろ。普通はメカのほうの『機械』を連想するからな」

唯が先月この店に来て、偽一真とともに偽刑事の話を聞いたとき、店の奥から何かを落としたような音が聞こえたらしい。姪浜陽子の頭部が落ちたときの音によく似たそれが、唯のトラウマを刺激し、意識を失いかけるほどのショックを受けたという。

話を聞いたとき、落下音は鬼界が故意に生じさせたものではないか、と一真は考えた。唯の精神を揺さぶる入力として、これほど効果的なものはないからだ。当時、この喫茶店には鬼界システムの構成要素が二人もいた。店主の老人が同類だったとしてもそれほど驚くべきことではない。

「それなら」と唯はさらに声を潜めた。「店主のことも調べるんですか?」

「そんなことをしても無駄だろう。もし仮に鬼界の手先だったとしても、たいした仕事を任されているとは思えない。彼から鬼界にたどり着くのは無理だ」

第一、今日この店に来た目的はそれとは関係ない。

アイスコーヒーを二杯注文し、テーブルの向かいの空席を一瞥する。腕時計に視線を下ろすと、予定時刻まで残り一分だった。

「来ませんね」

「奴は時間に正確だ。こっちの指定した時間を守ってくれるかどうかはわからないが。まあ、たとえ奴が来なくても、俺は予定通りのことを君に話すだけだ」

なぜ、鬼界は唯を制御しようとしてきたのか——その答えを。

秒針が十二時に達した瞬間、店のドアが開いて誰かが入ってきた。

この炎天下に喪服のようなスーツに身を固めていたのは、小柄な男だった。目や口が小さいうえに面長で、どことなく齧歯類を思わせる顔つきだ。

「板付さん……」

と、唯はあっけに取られたように呟いた。オンラインで顔を合わせたという吉塚亜梨実の恋人唯はそっと一真に耳打ちする。

「板付さんが鬼界だったってことですか？」

「いや、こいつも本物の鬼界じゃない。耳にイヤホンが嵌まってるだろ」

板付を名乗っていた男、そして今は鬼界の代理人として現れた男——〈鬼界〉は、一言も発することなく一真たちのテーブルに来ると、向かいの空席に腰を下ろした。そして、あらゆる情動を凍りつかせたような無表情で言った。

「久しぶりだね、月浦一真くん。まずは、僕を呼びつけた理由を教えてもらおうか」

「わざわざ説明する必要があるのか？」

「僕はただ、〈RedBird〉に送られてきたＤＭに従っただけだ。今日、この時間にこの店に来るようにね。それ以上のことは知らないよ」

店主がアイスコーヒーを三杯運んできて、グラスの一つを〈鬼界〉の前に置いた。彼の分はオーダーしていない。どうやら先程の推測は当たっていたらしい。

気を取り直して、一真は口を開いた。

「おまえをここに呼んだのは、おまえと今津さんがいる場で俺の推理を話す必要があったからだ。おまえの計画を潰すには、それが一番の近道だ」

「どういうことかな」

「おまえは〈RedBird〉を操って連続殺人犯に仕立てると、今度は今津さんを制御して彼を殺させようとした。それらの計画はある目的のもとに成されたもので、現状、計画は成功している」

「成功？」と唯が驚きの声を上げた。「あれが成功だったんですか？　本物の一真さんのおかげで、私は〈RedBird〉を殺さずに済みました。鬼界の手下だった二人も死んだし、〈RedBird〉も――」


一真はあの慌ただしい一夜のことを思い出す。

唯の通報を受けて雑居ビルに到着した警察が目にしたのは、刺殺された二人の男女の死体だった。一人は偽一真、もう一人は偽刑事の青木。二人を殺して逃走したと思われる男が〈RedBird〉であると唯は証言したが、法的手続きの関係か、完全匿名で活動する彼の住居を特定するのには少々時間を要したようで、警察が彼の住むアパートの一室に踏み込んだのは翌週のことだった。

〈RedBird〉――須崎猟は、部屋の中で死んでいた。

検視の結果、彼の死因は急性硬膜下血腫だった。後頭部に強い衝撃を受けた後、脳内に溜まり続けた血により緩慢な死に至ったらしい。おそらく雑居ビルから脱出する際、鬼界の手下たちに負わされた傷だろう。

〈観測者〉の共犯者、すなわち鬼界側の関係者が全滅したのは、警察の捜査にとっては大きな痛手だったはずだ。〈観測者〉事件は犯人の死をもって終結を迎えたが、彼らの動機を含め、多くの謎が残されてしまった。

「確かに表面上、鬼界は失敗したように見える」一真は頷いた。「鬼界にとって望ましいのは、今津さんが〈RedBird〉を殺すことだったはずだ。殺人の証拠という強力な弱みを握ることで、君に対する制御をより確実なものとする。つまり、クォーカ経営者の娘である君を」

最初に唯から話を聞いたときは、鬼界が唯をターゲットに選んだ理由がわからなかった。だがあの一夜の後、彼女の親の話を聞いて疑問が氷解した。

SNSという匿名の人々を繋ぐツールは、鬼界が構築を進めるネットワーク——鬼界システムと相性がいい。そこに目をつけた鬼界は、クォーカ社長を親に持つ唯を利用し、クォーカを手中に収めようとしたのだ。

「だが、鬼界の目的はそれじゃない。君を脅すだけなら、ここまで大掛かりな計画を立てるまでもないからな。おおかた、本来の目的のついでだろう」

唯は憮然とした様子だった。

「こんなに引っ掻き回しておいて、私はオマケだったたってことですか？」

「鬼界はこういう奴だ。他人を駒としか思ってない。腹が立つだろ？」

唯は仏頂面で頷く。一真は〈鬼界〉に視線を移した。

「おまえの目的は、『壁』を作ることだった」

「壁？」

「今津さんによれば、偽物の俺はこんな話をしたらしい。インターネットを平和にするには、情報の行き来を制限する壁を作ればいい、と」

インターネットを分断する仮想的な壁。

当初は、『壁』が事件の根幹に関わっているとは予想だにしていなかった。だが後になって、鬼界が『壁』について唯に話した理由に気がついた。鬼界は、いずれクォーカ社の重要な地位に就く彼女に、己の計画を植えつけようとしたのだ。

「おまえが起こした〈観測者〉事件は、ただの連続殺人事件じゃない。匿名の有名人が身元を特定され、次々に殺される前代未聞の事件だ。社会に与えるインパクトは計り知れない。その影響力を利用して、おまえは世間の人々にこんな考えを植えつけた。

インターネットには匿名の盾をものともしない殺人鬼が棲んでいる、と。

〈観測者〉の存在は多くのクォーカユーザーにとって脅威だったはずだ。顔と名前を隠していても、謎の力で居場所を突き止められ、恐ろしく残酷な方法で殺される。〈観測者〉の魔の手を逃れるには、アカウントを削除するか、フォロワーを百人以下に減らすしかない。

だが、結局クォーカを止めた人間はそう多くなかった。『アカ転』とか言って、わざわざアカウントを作り直してクォーカを使い続ける連中もいたくらいだ。人の習慣はそう簡単には変わらない。

それに、たとえクォーカを止めたとしても、他のSNSに移るだけだ。今さら誰もSNSを手放せない。匿名で物を言い、誰かと繋がることは、もはや本能的な行為でもある。水や空気と同じように、インターネットが社会のシステムに組み込まれているかぎり、〈観測者〉の恐怖は終わらないんだ。

だったら、インターネットの殺人鬼からどうやって身を守るか。

そこで登場するのが、おまえの言った『壁』だ。情報の行き来を分断する壁があれば、〈観測者〉のような危険な外敵を締め出せる。安全な場所に立てこもって、これまで通りに匿名の世界で生きることができる。

おまえは〈観測者〉という架空の脅威を作り出すことで、世間の恐怖を煽《あお》り、インターネットの分断を――『壁』の建設を目論《もくろ》んだ。それが、おまえがこの社会に与えた制御入力だ」

最近、クォーカにユーザーのＩＰアドレスを保存しない機能が追加されるというニュースを見た。それも『壁』の建設と同様、社会の不透明性を高めることに繋がるため、鬼界の関与を疑っていた。

「つまり、こう言ってるんだね」と鬼界は皮肉めかして言う。「僕は殺人によってインターネットに平和をもたらそうとした、一種のヒーローだと」

「ヒーローどころか、おまえは詐欺師だ。『壁』を建設したところでインターネットが平和になるわけがない。むしろその逆だ。外部から閉ざされたコミュニティは暴力の温床になる。学校のいじめや部活内暴力は、周囲の目を遮る壁があるからこそ起こるんだからな。おまえが『壁』を建設するのは平和のためじゃない。インターネットを介して人々が受け取る情報を制限し、調整して、社会を制御するためだ」

社会システムの制御と最適化。鬼界が進める「計画」の終着点。

「君の話が正しかったとして――」

〈鬼界〉は優雅にアイスコーヒーを啜り、上目遣いに一真を見た。

「それだけで僕が計画から手を引くとでも？　それとも、警察に話すかい？」

「警察は動いてくれないだろうな」

事件後、雑居ビルに居合わせた一真と紫音も事情聴取を受けた。鬼界の関与についても話したが、刑事たちの反応を見るかぎり、どこまでまともに受け取られているかわからない。虚言癖か陰謀論者のたぐいだと思われている気がする。

とはいえ、それも仕方ないだろう。鬼界の存在はあまりにも虚構めいている。

「警察には頼れない。だから、俺がおまえの計画を潰す」

「どうやって？」

「今津さんに協力してもらう。これは彼女にしか頼めないことだ」

急に名前を呼ばれて驚いたのか、唯は少し首をすくめた。

「私ですか？　でも、何をすれば──」

「俺の話を聞いて理解してくれるだけでいい。ただ、あまり気分のいいものじゃないと思う。どうして君の友達が殺されたのか、っていう話だ。それでも大丈夫か？」

唯の瞳が不安に揺れる。しかし、彼女は覚悟を決めたように頷いた。

「はい。……それを知るために、ここに来たんですから」

「〈観測者〉の最も恐ろしいところは、匿名であるはずのクォーカユーザーの身元を突き止められることだった。その超越的な能力が、〈観測者〉という殺人鬼を世間に畏怖される存在にした。逆に言えば、そのタネさえ割ってしまえば、おまえの魔法は効力を失う。〈観測者〉はただの人殺しに成り下がるというわけだ」

「なるほどね」

〈鬼界〉はストローで氷をかき回しながら相槌を打った。真は続ける。

「美野島玲を中傷し、デマを拡散したことで〈観測者〉のターゲットになったアカウントは、〈momochi〉、〈三八式〉、〈甘味料〉、〈底辺ポリス〉の四つ。そして、それらはどれも個人情報を明かしていない、完全匿名のアカウントだった。

姪浜さんは個人情報の漏洩に気を遣っていたから、〈momochi〉から彼女を特定できるわけがない。他の三つのアカウントも、人を攻撃したり、訴えられかねないデマを拡散したりしているから、身元がばれないように注意していたはずだ。

匿名の盾で身を隠した彼らを、〈観測者〉はどうやって探し出したのか。

そこで登場するのが、Qオブザーバーだ。

任意のアカウントから個人情報を盗める謎のソフトウェア。〈観測者〉はそれを使ってターゲットの身元を突き止めたということになっている。

だが現実問題として、そんなものが存在するわけがない。たとえクォーカのサーバに侵入できたとしても、読み取れるのはメールアドレスや電話番号くらいだ。それ以上の個人情報を手に入れようとしたら、個人の端末に侵入しないといけない。マルウェア入りのメールを送りつけるとか、フィッシングメールで騙して情報を入力させるとか、あるいは電話で聞き出すとか、そういった力業なら可能かもしれないが、どうしても端末に証拠が残る。警察が見落としたとは思えない。

Qオブザーバーの噂が出回ったのは事件の少し前だ。〈観測者〉の能力に信憑性を与えるため、おまえがあらかじめ噂を流したんだろう。

そして事件後、今津さんは〈観測者〉が美野島玲を中傷したアカウントを狙っていたと証言した。〈観測者〉が実際に彼らを特定していたという事実が、Qオブザーバーの実在を強力に裏付け、世間の恐怖を煽ることになった。こうなってしまうと、専門家がいくら声を上げたところで無視されるだけだ。世の人々の大半はインターネットの仕組みをよく知らないし、興味もないからな」

「Qオブザーバーの噂が広がったのは、私の証言のせいってことですか？」

唯が後ろめたそうな顔で訊いてきた。一真はかぶりを振る。

「いや、君のせいじゃない。君にそう証言するよう仕向けたのは鬼界だ。その意図をもっと早く見抜けなかった俺にも責任はある。まあ、君が証言しなかったら、鬼界がネットに情報をリークするだろうから、防ぎようがなかったとも言えるが」

鬼界の目的は唯を制御することだと思い込んでいた。だから、鬼界がより大きな絵図を描いていることに気づけなかったのだ。

「世間の人々と同じく、今津さんもQオブザーバーの存在を信じていた。青木からその話を聞いたときは多少疑ったかもしれないが、〈観測者〉の告発状が見つかり、ミッシングリンクを発見するに至って、Qオブザーバーの存在を嫌でも信じざるを得なくなったんだ。

今津さんはこう考えた。〈RedBird〉はあるとき「美野島玲」でワード検索を行い、その結果からターゲットを選んだ。被害者の四人が選ばれたのは偶然だった。だが、そこにはおまえの作為が働いていた」


一真はマネキンのように行儀よく座っている〈鬼界〉を睨みつける。

許せない、と改めて思う。他人の人生と生命を弄ぶことを許してはならない。


「僕が許せないのかい？」

こちらの心を読んだように〈鬼界〉が言った。一真は取り合わない。


「……さっき言ったように、匿名アカウントの個人情報を入手するのは難しい。だが、その逆——現実世界の人物のアカウントを特定するのは、比較的簡単だ。

おまえが板付のふりをしていたとき、こんなことを話してたらしいな。恋人の吉塚亜梨実と古い映画を見た後、その映画について投稿したアカウントを見つけた。それが吉塚の裏アカウントである〈甘味料〉だった、と。

同じような手口を使えば、ある個人のアカウントを特定することができる。おまえには鬼界システムという自由に動かせる駒がいるから、人海戦術で現実世界のターゲット四人の情報を集め、アカウントを突き止めるのは容易かった。

さらに、おまえは四人のアカウントを乗っ取った。姪浜さんはセキュリティへの関心が低かったらしいが、他の三人もそうだったんだろう。おそらくパスワードは適当で、二段階認証も設定してなかったんだ。

　おまえは四人のアカウントを使い、ほぼ同時刻に美野島玲を中傷する投稿を行った。それから〈RedBird〉を誘導してワード検索をさせた。当然、トップに表示されるのはターゲット四人の投稿だ。これが出来レースだと知らない〈RedBird〉は、おまえのシナリオ通り、彼らに殺意を向けることになった」

　付け加えると、四人に乗っ取りを気づかせない工夫もしただろう。例えば、最近の投稿とそっくりなダミーをいくつも重ねて、偽の投稿をマイページの奥深くに埋没させ、後日ダミーを削除したのかもしれない。

　四人が殺されたのは偶然ではなく必然。だとすると——

「答えろ、鬼界。ターゲットの条件は何だ。どうしてあの四人を殺した」

「殺したのは僕じゃないけどね」

〈鬼界〉はぬけぬけと言い放って、テーブルの上で指を組んだ。

「僕は鬼界システムを使い、事件のターゲットとして適切なクォーカユーザーを各地で探した。長い時間を要する作業だったよ。自分のフォロワー数を掲げて歩く人間はいないからね。条件に一致する人物が見つかるまで、ひたすら試行回数を重ねるしかなかった。ターゲットの条件は、アカウントの乗っ取りが可能なこと、個人情報を公にしていないこと、そしてその死による社会への影響が大きいことだ。四人はこれらの条件に該当した。ただ——

」

〈鬼界〉の視線が横にスライドして、唯を捉えた。

「姪浜陽子は乗っ取りと匿名の条件には適合したけど、社会的影響力の面では他の候補に劣っていた。端的に言えば、毒がなかったんだ」

それは一真も違和感を覚えていたことだった。

他の三人には多かれ少なかれ批判を集める要素があり、だからこそ彼らの死は世間の注目を浴びた。しかし、〈姪浜メイノ〉は誰にとっても好ましいキャラクターだ。以前彼女が演じていた〈眩暈メイ〉に比べると、格段に毒が抜けている。

「そこで、彼女の殺害にあたっては配信中に殺害するという手法を取った。〈姪浜メイノ〉の死による影響を最大化するためにね」

「だったら、どうして他の候補じゃなくて姪浜さんを殺したんだ」

「姪浜陽子が、今津唯の友人だからだよ」

〈鬼界〉は残酷な答えをあっさりと口にした。

「クォーカ経営者の娘である今津唯については、以前から調査を進めていた。彼女と親しい姪浜陽子が〈姪浜メイノ〉だということも判明していた。今回、姪浜を〈観測者〉のターゲットに組み込んだのは、そのほうが効率が良かったからだ。社会の制御と今津の制御を並行して進められるからね」

鬼界にとって殺すのは誰でもよかったのだろう。ただ、姪浜陽子はクォーカ経営者の娘を友人に持つという点で利用価値があった。それだけの理由だった。

本来なら唯に伝えるべきではなかったことだ。罪悪感に胃が重くなる。自分のせいで親友が殺されたことを知らされた唯の心境が気がかりで、横目で彼女の表情を窺った。

すると、唯はこちらに顔を向けた。

泣いてはいなかったし、怒ってもいなかった。彼女は寂しげに笑っていた。

「きっと私のせいだって、前から気づいてました。だから、大丈夫です」

「だが、俺が言い出さなければ――」

「鬼界の計画を潰すために、必要なことだったんですよね？」

真っ直ぐな瞳に気圧《けお》されるようにして、一真は頷いた。

「ああ。事件の真相を君に伝えて、Qオブザーバーが存在しないことを――〈観測者〉が架空の脅威であることを信じてもらわないといけなかった。〈観測者〉事件の余波は続いている。近い将来、『壁』の建設が始まるかもしれない。そのとき、君にはクォーカの方針に影響を与える人物として、『壁』の建設を食い止めてほしいんだ」

わかりました、と唯は真剣な顔で頷いて、

「でも、そんなに心配いらないと思います」

「……どうして？」

「私と陽子は、〈眩暈メイ〉や〈姪浜メイノ〉というコンテンツの人気を上げる方法を長いあいだ一緒に考えてきました。だから、あるコンテンツがどれくらい支持を集めて、どのくらいで廃れていくのか、体感的にわかるんです。――〈観測者〉がこれほど注目されたのは、その正体が誰にもわからなかったからだと思います。正体不明の殺人鬼に対する恐怖と好奇心が、〈観測者〉というコンテンツを膨らませていったんです。でも、〈観測者〉は死んで、その名前も正体も明らかになってしまいました。たぶん、〈観測者〉というコンテンツはもう終わってます」

控えめな口調ながらきっぱりと断言し、唯は〈鬼界〉を見た。

「それで、次はどうするつもりですか？　鬼界さん」

「次、かい」

「また大勢の人間を操って、殺して、世間に新しいコンテンツを提供するんですか？　それが飽きられたら次のコンテンツを探すんですか？　あなたが何のためにこんなことをするのか、理解できません」

「社会を最適化するためだよ」

「それはただの手段でしょう。私はあなたの動機が知りたいんです」

〈鬼界〉は黙り込んだ。その表情は能面のようだったが、この会話を聞いている本物の鬼界の反応がありありと伝わってきて、薄ら寒いものを覚えた。

——こいつは、笑っている。

「面白い」

乾いた言葉の奥に、鬼界の嘲笑が見えるようだった。

「君は、僕の言葉が他者への制御入力でしかないと知りながら、僕がいつか真実を語ると無邪気に信じているんだね。ところで、君は絵を描くのが好きだろう。その理由を考えたことはあるかい？」

唯は質問の意図を測りかねた様子だったが、素直に答えた。

「絵を描くこと自体が純粋に楽しいし、自分が想像したイメージが形になると嬉しいです。あと、自分の腕を試す面白さもあります。……そんなところです」

「なるほどね。作業の過程、イメージの具現化、そして自らの能力の可視化か。僕が社会を最適化しようとする理由と同じだね」

言葉を失った唯に対して、〈鬼界〉は心なしか楽しそうに語った。

「僕には生まれつき他者のシステムを同定する能力があるから、人間のシステムに存在する歪みと、それによって生じる社会の歪みをよく見通せた。能力を使えばその歪みを直すことができると気づいたときから、僕の計画はスタートした。私欲でも正義感でもない。君が求めているようなわかりやすい物語は、残念ながら存在しないんだ。

僕を駆動させているのは、主に三つの欲求だ。社会を最適化するというイメージを具現化したい。自分の能力の限界を知りたい。そして、人を制御し、計画を進行する過程を味わいたい。それらが僕のシステムの重要な領域を占めている」

どこまで本気で言っているのだろう。一真は訊いた。

「つまり、道楽でやってる、ってことか？」

「そう表現しても間違いではないね。人間のあらゆる行動は道楽と言えるから」

「そんなわけないだろ」

「いや、本当だよ。人間を含め、あらゆる生物の基礎にあるのは快・不快に反応する機構だ。快いものには近づき、不快なものからは離れる。人間の行動を決定するシステムの根底もまた、そういった単純な機構の延長線上にある。僕は社会の最適化を快いものと認識し、そこに向かって行動するシステムだ。それ以上の説明は意味がない」

認めるのは癪《しゃく》だったが、筋は通っていた。

鬼界は自由意志の存在を否定している。その対象には当然、彼自身も含まれるのだ。

「おまえは、自分自身の意志も否定するんだな」

「そうだね。自由意志の虚構性を完全に理解しているという点で、僕はもはや人間というカテゴリから外れているかもしれない」

「人間より優れた存在ってことか?」

一真の問いに首を振り、〈鬼界〉は厳かに告げた。

「僕は一つの方向性だ。人類や世界に変化をもたらす一つの流れ。水や空気の流れは目的を持たない。でも、それらは大地を削り、海を広げて、確実に世界の形を変えていく。僕の計画は人類を進化させるかもしれないし、あるいは滅ぼすかもしれない。その結果に興味はないんだ。僕にとって重要なのは過程だけだからね」

鬼界の言葉は誇大妄想にしか聞こえなかったが、言わんとすることは理解できた。鬼界の大仰な語り口にようやく耳が慣れてきたのかもしれない。

ふと思い出したことがあった。

「自惚《うぬぼ》れるなって言いたいところだが、少しだけおまえの妄想に付き合ってやる。おまえが一つの流れだとしたら、それと逆向きの力も生じているはずだ。自然界は変化を嫌う。摩擦、空気抵抗、電気抵抗——何かが移動したり、変化したりするときは、それを妨げる方向の反作用が生じる。今回、おまえは今津さんの制御に失敗したが、その原因はある種の反作用だったんじゃないか」

「興味深い話だね」

「失敗の原因は、もとをたどれば姪浜さんの事件の日、今津さんと紫音が出会ったことにある。二人は大学の講義室の外でたまたま出くわし、成り行きで一緒に姪浜さんのマンションに行くことになった。あのとき紫音が講義室の外にいたのは、寝不足で遅刻したからだ。寝不足だったのはエアコンが壊れて眠れなかったから。つまり、二人が出会ったのは落雷のせいだったということになる。

もう一つの失敗は、今津さんが紫音ともう一度出会ったことだ。

俺も紫音も今津さんと同じ大学にいるから、ふとしたきっかけで顔を合わせることもあるだろう。すると、今津さんの知る月浦一真が偽物だとばれてしまう。当然、おまえは対策を打っていた。今津さんの友人を駒として使い、彼女が紫音と出会わないように誘導してたんだ。

ところが、友人たちが一斉に風邪を引いて学校を休んだ日があった。今津さんの誘導が行われなかったせいで、二人は大学の食堂で顔を合わせ、紫音が嘘に気づくことになった。おまえの計画を邪魔してきたのは、雷といい風邪といい、人間の力ではどうすることもできない自然現象だったわけだ」

その先の結論はあまりに妄想じみていて、口に出すのが憚られたが、〈鬼界〉は一真の代わりに言った。

「僕の計画を妨げているのはこの世界だ、と言いたいんだね」

「そんなことは言ってない」

「頭の中で考えたなら、僕にとっては同じことだ。——さて、僕はそろそろ帰るよ。今日は久しぶりに会えて良かった」

心にもないことを言って〈鬼界〉は席を立つ。

と、そこで訊き忘れていたことを思い出して、〈鬼界〉の背中に声をかけた。

「そういえば、おまえは今津さんに接触するとき、どうして俺のふりをしたんだ。今津さんが紫音と出会ったからかもしれないが、実在する人間を偽るリスクは無視できない。他に理由があったんじゃないか」

〈鬼界〉は振り返ると、とっさには意味のつかめないことを言った。

「君のシステムが、今津唯を制御するのに都合が良かったからだよ」

「は？」

「人間のシステム同定の意味を、君はまだよく理解していないようだね。ある人間のシステムを同定しているというのは、その人間にある入力が与えられたとき、どのような出力を返すかを完全に理解していることを意味する。すなわち、同定した人間の人格を正確に再現できるということだ」

　絶句した一真の前で、〈鬼界〉は自分のこめかみに指を当てる。

「僕がこれまで同定した人々のシステムは、君も含め、みな僕の中で保存されている。僕はいつでも彼らを呼び出して、彼らの言葉や行動をシミュレートすることができる。君の人格を使ったのは、手持ちの人格の中で、今津唯を制御するのに最も適していると判断したからだ」

　馬鹿げた話だと一笑に付すことができなかった。鬼界が他者をシステム同定できるとしたら、人格を再現できたとしても不思議ではない。むしろ当然の帰結だ。

　だが、それは考えたくないほどおぞましい想像だった。

「こう考えることもできるよ。今津唯と一緒に殺人犯を追いかけていたのは、偽者の君じゃなくて、本物の月浦一真だった、とね」

「そんなわけがあるか。俺は、ここにいる俺だけだ」

「君のように話し、君のように行動する存在を、君自身として扱ってはいけない根拠はどこにもないよ。人間は他者の表面しか観測できないから、表面上にのみ存在する人格を否定することもまたできない。そうは思わないかい」

　表面的に同じ人間であれば、本質的にも同一人物である。

　それが鬼界の思想だとしたら、鬼界の言葉を代弁する、目の前の男は――

「つまり、こう考えてるのか？　ここにいるおまえは、おまえ自身だと」

「だから最初に言ったんだよ。久しぶり、ってね」

「俺はそうは思わないし、おまえにはまだ一度も会ってない。どこかでふんぞり返ってるおまえの本体を、いつか引きずり出したときにはこう言ってやる。初めまして、ってな」

「楽しみにしているよ」

そう言い残して、〈鬼界〉は――いや、自称「鬼界」は店を去っていった。


『見失った。指示求む』

紫音から届いた短いメッセージを一瞥し、一真は溜めていた息を吐いた。

「どうしたんですか？」唯が訊いた。

「尾行が失敗した。まあ、あまり期待はしてなかったが」

店を後にした〈鬼界〉を、店の外で待機していた紫音と一真の部活仲間である三人が尾行し、身元を明らかにする。それが鬼界を呼びつけたもう一つの理由だった。一真たちが店に留まったのは尾行を警戒させないためだ。が、結局徒労に終わったらしい。

『解散してよし。ご苦労様』

と、紫音への返信を打ち込んだとき、唯が訊いてきた。

「一真さんは、どうして鬼界を追ってるんですか？」

彼女は真剣な顔をしている。唐突な質問に面食らいながらも、言葉を選んだ。

「そうだな……鬼界の計画によって誰かが不幸になるのを止めたい、っていうのもあるが、本音を言えば、あいつが嫌いだからだ。人間の意志や感情を否定するところも、他人をおもちゃみたいに弄ぶところも、世界を自分勝手に作り変えようとしてるところも、とにかく気に食わない。だから鬼界の計画を阻止して、奴の存在そのものを否定してやりたいんだ」

するると、唯はなぜか納得したように頷いて、頬を緩めた。

「やっぱりそうなんですね。安心しました」

安心？　と内心首をひねったが、彼女もまた鬼界を追うつもりなのだろう、と納得した。仲間は多ければ多いほうが安心できるというものだ。

「そろそろ出よう」

これ以上長居する理由もないので、一真は唯を促して席を立った。

が、店を出た途端に後悔した。今まで気づかなかったが、外は雨が降っていたのだ。天気予報は晴れだったので傘は持参していなかった。

仕方がない。あの店主と顔を突き合わせるのは気詰まりだが、しばらく店で雨宿りしよう。踵《きびす》を返しかけたところで、軒下で折り畳み傘を広げていた唯が言った。

「私、今日はちゃんと傘持ってきたんですよ」

今日は？

唯の言い方に違和感を覚えた。まるで、以前も同じことがあったかのような。

――彼女が知っている俺のうち、いったい何パーセントが本物の俺なのだろう。

ふと頭に浮かんだ問いを頭から振り払った。それ以上深入りしたら、何か恐ろしい結論に至ってしまう気がした。

「傘を忘れたんだ。悪いが、先に帰ってくれ」

「私の傘に入ってください。小さいけど、駅までならそんなに濡れないと思います」

「いいのか？」

「だって、約束しましたから」

身に覚えのない約束を告げて、唯は微笑んだ。

本書は書き下ろしです。また、作中に出てくる人物、団体名等はすべて架空です。

松城 明●まつしろ　あきら

1996年、福岡県出身。九州大学大学院工学府卒業。2020年、短編「可制御の殺人」が第42回小説推理新人賞最終候補に残る。22年、本作を表題作として連作短編集『可制御の殺人』でデビュー。

観測者《かんそくしや》の殺人《さつじん》

2024年2月24日　第1刷発行

著　者——松城《まつしろ》明《あきら》

発行者——箕浦克史

発行所——株式会社双葉社
東京都新宿区東五軒町3-28　郵便番号162-8540
電話03(5261)4818〔営業部〕
03(5261)4831〔編集部〕
http://www.futabasha.co.jp/
(双葉社の書籍・コミック・ムックが買えます)

DTP 製版—株式会社ビーワークス

印刷所——大日本印刷株式会社

製本所——株式会社若林製本工場

カバー印刷——株式会社大熊整美堂

ISBN978-4-575-24721-3 C0093

好評既刊

半暮刻

月村了衛

児童養護施設で育った元不良の翔太と裕福な家庭で育ち、有名私大に通う海斗。半グレが経営する店で出逢った二人は女性を騙して風俗に落とすために手を組むが……。二人の若者を通して、現代社会に跋扈する「本当の悪」を照射した傑作社会派小説。

好評既刊

可制御の殺人

松城 明

女子大学院生が自宅の浴室で死亡しているのが発見された。警察は自殺と判断したが、その裏には人間も機械と同じように適切な入力（情報）を与えれば、思い通りの出力（行動）をすると主張する謎の人物・鬼界が関わっていた……。

（双葉文庫）